Cornelia Franz
Geheimnisse

Cornelia Franz, geboren 1956 in Hamburg, studierte Germanistik und Amerikanistik, machte eine Ausbildung als Verlagsbuchhändlerin und arbeitete als Lektorin. Heute schreibt sie Kinder- und Jugendbücher sowie Reiseführer. Cornelia Franz lebt mit ihrer Familie in Hamburg. Weitere Bücher von Cornelia Franz bei dtv junior: siehe Seite 4

Cornelia Franz

Geheimnisse

Roman

Deutscher Taschenbuch Verlag

Von Cornelia Franz sind außerdem
bei dtv junior lieferbar:
Die Kinder vom Drachental, dtv junior 70976
Nichts leichter als Liebe?, dtv junior 70906
Verrat, dtv pocket 78153
Sechs Tage, vier Nächte, dtv pocket 78202

Überarbeitete Neuausgabe
In neuer Rechtschreibung
Februar 2007

www.dtvjunior.de
Umschlagkonzept: Balk & Brumshagen
Umschlaggestaltung: Jorge Schmidt und Tabea Dietrich
unter Verwendung eines Fotos von Jan Roeder
Gesetzt aus der Stempel Schneidler 10,25/13,5
Gesamtherstellung: Ebner & Spiegel, Ulm
Printed in Germany · ISBN 978-3-423-71209-5

1

Bis zu dieser merkwürdigen Geschichte mit der Klassenreise waren wir eine ganz normale Familie, glaube ich. Fritzi und ich, wir streiten uns so cirka dreimal am Tag. Aber was soll man auch sonst mit einem Bruder anfangen, der acht Jahre alt ist und der sich meistens benimmt wie ein Kleinkind, das seinen Schnuller verloren hat. Meine Eltern streiten sich dagegen ziemlich selten, was auch kein Wunder ist, weil mein Vater meistens gar nicht zu Hause ist. Er hält sich nämlich bei der Arbeit, das heißt in seiner Anwaltskanzlei, für absolut unersetzlich. Er hat sich vor ein paar Jahren selbstständig gemacht, und wenn er mal nicht im Büro ist, bricht dort alles zusammen, meint er.

Mamm ist Übersetzerin. Sie hat im Dachgeschoss von unserem Reihenhaus ein kleines Büro. Vormittags, wenn Fritzi und ich in der Schule sind, und oft auch noch abends und am Wochenende, hockt sie da oben und übersetzt. Hauptsächlich Romane und Gedichte und so was. »Schöngeistig« nennt mein Vater das. Und jeder merkt natürlich, dass damit was ziemlich Unwichtiges gemeint ist. Und dann sagt er meistens noch: »Aber ich bin froh, dass Susanne was zu tun hat. Solange der Haushalt und die Kinder nicht zu kurz kommen . . .« Mamm lacht dann, als würde er einen Witz machen – was er aber nicht tut.

Mamm schreibt auch selber Gedichte. Aber die zeigt sie niemandem, nicht mal Paps. Ich hab sie mal gefragt, warum sie immer das dicke blaue Schreibheft zuklappt, wenn jemand ins Zimmer kommt. »Das sind meine Geheimnisse«, hat sie geantwortet und ist dabei rot geworden. Als ich gebettelt hab, dass sie mir doch vielleicht ein einziges Klitzekleines zeigen könnte, ist sie richtig ernst geworden. »Jeder Mensch hat Geheimnisse, Berrit, damit muss man sich abfinden. Ob man will oder nicht«, sagte sie und es klang fast, als würde sie mit sich selbst sprechen. Hat sie da vielleicht schon geahnt, was los war?

Nein, ich glaube, bis zu der Geschichte mit der Klassenreise war bei uns im Grunde alles in Ordnung. Das heißt, es war so, wie es immer schon gewesen ist. Und wenn eigentlich alles so ist, wie es immer schon war, dann denkt man nicht darüber nach. Und wenn durch diese Reise nicht alles durcheinandergewirbelt worden wäre, hätte ich womöglich gar nicht gemerkt, dass bei uns einiges schiefgelaufen war.

Die Sache war so: Seit fast einem Jahr stand fest, dass wir mit der Klasse nach Sylt fahren würden. Zwei Wochen Nordsee! Genial! Ich war noch nie am Meer gewesen, obwohl meine Eltern aus Norddeutschland stammen. Aber sie sind schon lange vor Fritzis Geburt in den Schwarzwald gezogen, weil mein Vater die Berge so liebt. In den Ferien geht's immer in die Alpen. Es gibt bestimmt nicht einen einzigen Hügel, den wir dort noch nicht erklommen haben. Und so war ich doch tatsächlich schon fast sechzehn und hatte noch nie das Meer gesehen, außer im Fernsehen – das glaubt einem doch kein Mensch. Deshalb habe ich mich natürlich wahnsinnig auf die Reise gefreut.

Am Anfang gab es auch keine Probleme. Meine Eltern fanden es gut, dass wir an die Nordsee fahren wollten und nicht nach Berlin, wie unsere Parallelklasse. Nur Fritzi war neidisch. Er sollte nämlich mit seiner Klasse nur sieben Tage ins Schullandheim nach St. Georgen und da kann man von uns aus hinspucken.

Aber dann lief auf einmal alles schief. Und da war unser Klassenlehrer Herr Fruchtzwerg dran schuld. Oder unsere Direktorin, Frau Dr. Rita Riesterer-Rieselfeld. (Sie heißt wirklich so. Und wehe, jemand lacht, wenn sie sich vorstellt. Nur der Fruchtzwerg, der heißt eigentlich Vorwerg. Ich weiß auch nicht, wer auf Fruchtzwerg gekommen ist, wo er doch immerhin schlappe einsneunzig groß ist und 'ne Figur hat wie Balu aus dem Dschungelbuch.) Na, jedenfalls hatte irgendwer die Anmeldung für das Schullandheim auf Sylt verschlampt. Und plötzlich hatten wir keine Unterkunft, weil alles schon ausgebucht war. Als der Fruchtzwerg damit rausrückte, hatten wir noch Witze gemacht und gesagt, dann würden wir eben zu zweit in einem Bett schlafen und das könnte ja auch ganz spannend werden. Erst in der Pause haben wir kapiert, was das hieß. Wahrscheinlich würden wir auch in St. Georgen landen! Emily meinte, ich solle sofort meinen Vater einschalten. Der wäre schließlich Anwalt.

»Das können sie doch nicht mit uns machen, Berrit.

Das läuft doch bestimmt unter Vorspiegelung falscher Tatsachen oder Vertragsbruch oder arglistiger Täuschung oder so was! Dein Vater muss was unternehmen ...«

Sie ließ nicht locker. Und so saßen wir den halben Abend bei mir zu Hause im Zimmer und warteten darauf, dass mein Vater von der Arbeit kam. Mir war klar, dass er nichts unternehmen würde. Schulangelegenheiten überlässt er nämlich immer Mamm. Und außerdem konnte er uns sowieso nicht helfen. Das hat er uns schließlich in seinem schönsten Juristenkauderwelsch lang und breit erklärt, bis selbst Emily es bereute, ihn angesprochen zu haben.

Zwei, drei Wochen lang hing dann die Reise quasi in der Luft und ich war ziemlich muffelig. Mamm versuchte mich damit zu trösten, dass es in Norddeutschland im September eh ununterbrochen regnen würde und dass das Meer dann schon viel zu kalt zum Baden wäre und dass wir vielleicht ja in den Sommerferien mal ans Mittelmeer fahren könnten statt in die Alpen ... So ist sie, meine Mutter. Immer versucht sie, aus allem noch was Positives rauszuholen. Als im letzten Jahr Fridolin, unser Dackel, überfahren wurde, hat sie gesagt, wir bräuchten uns jetzt jedenfalls nicht mehr zu sorgen, dass er mal alt, krank und blind werden würde.

Und dann kam der Vorwerg eines Tages mit der großen Neuigkeit, dass wir doch an die Nordsee fahren würden. Und zwar nicht nach Sylt, sondern nach Amrum. Er hatte eine Unterkunft in Nebel organisiert, das ist ein Miniort an der Ostküste der Insel. Wir haben laut losgejubelt und ihn dreimal hochleben lassen. Jetzt konnte nichts mehr schiefgehen. Dachte ich zumindest. Doch dann ging das Theater los.

»Amrum? Wieso fahrt ihr nach Amrum?« Paps schaute mich ungläubig über den Rand seiner Teetasse an, als ich beim Abendbrot von der Klassenreise erzählte. Wenn es nichts Warmes gibt, essen wir immer in der Küche, weil das weniger Arbeit macht. Mamm stand noch an der Spüle und schnibbelte Obstsalat für den Nachtisch. Sie drehte sich nur kurz um und sagte: »Ach, das freut mich für dich, Berrit.« Aber Paps, der verschluckte sich an seinem Jasmintee. So als hätte ich gesagt, wir würden eine Fahrradtour nach Neuseeland machen. Ich hab nicht weiter auf ihn geachtet, weil Fritzi gleich lautstark losjammerte, dass er auch ans Meer wolle. Ich hab das mit dem Haus erzählt und dass wir schon ein Foto davon gesehen haben und dass es direkt hinterm Deich steht.

»In Nebel?«, fragte Paps und stellte seine Tasse so vorsichtig auf den Tisch, als wäre sie eine Handgranate, die bei der geringsten Erschütterung in die Luft gehen würde. Und dann sagte er das ganze Essen über gar nichts mehr. Nicht mal, als Fritzi sein Leberwurstbrötchen in den Kakao tunkte. Normalerweise kriegt er bei so was eine Krise. Mein Vater, meine ich. Fritzi kriegt höchstens noch mal den ersten Preis wegen Eins-a-Geschmacksverirrung.

Zwei Tage später, als Mamm mir gerade eine Kurzgeschichte vorlas, die sie übersetzt hatte, kam er ins Wohnzimmer und setzte sich dazu. Ohne Mamm ins

Wort zu fallen, hörte er bis zum Ende zu. Spätestens da hätte mir auffallen müssen, dass mein Vater nicht ganz auf der Höhe war. Er saß in seinem Lieblingssessel, dem aus abgewetztem braunem Leder, und grübelte vor sich hin. Mamm hatte gerade das letzte Wort gelesen, da sah er mich an: »Hör mal, Berrit. Das mit dieser Klassenreise. Das passt mir nicht.«

»Wieso? Was soll das denn heißen? Du sollst ja wohl nicht mitfahren, oder?« Ich musste lachen. Paps zusammen mit dem Fruchtzwerg und zwanzig »Pupertätlingen« (so nennt er Emily und mich, wenn wir ihm auf die Nerven gehen) im Schullandheim. Der reinste Horror!

»Jetzt lass das Gegacker. Ich meine es ernst.«

»Was denn, Wilfried? Was passt dir denn nicht?«, fragte Mamm und stand auf, um in ihr Arbeitszimmer zu gehen. Das macht sie öfter, wenn sie in Gedanken mit ihrer Arbeit beschäftigt ist. Erst fragt sie einen was und dann wartet sie nicht mal ab, dass man antworten kann.

»Ich finde es nicht richtig, dass es erst Sylt heißt und dann plötzlich nicht Sylt, sondern vielleicht St. Georgen und dann auf einmal Amrum. So geht das nicht, finde ich.« Paps machte ein Gesicht, als stünde er vor Gericht und hätte gerade einen nervigen Fall am Wickel. Fehlte eigentlich nur noch so was wie »Einspruch, Euer Ehren«.

Keine Ahnung, worauf er hinauswollte. Vielleicht hatte er mal wieder schlechte Laune, das kam öfters vor. Das Beste ist dann, wenn man gar nicht darauf eingeht. Ich schnappte mir die Fernbedienung und zappte ein bisschen durch die Programme.

»Berrit, ich rede mit dir. Mach bitte den Fernseher aus.« Paps stand auf, nahm mir die Fernbedienung aus der Hand und stellte den Ton ab. Sehen konnte ich sowieso nichts mehr, weil er vor dem Fernseher stehen blieb. »Ich werde mit deinem Lehrer sprechen. Wie heißt er noch? Mit Herrn Bergwerk. Ihr solltet nach St. Georgen fahren. Wir haben uns schließlich darauf eingestellt.«

»Nach St. Georgen? Du willst mit Herrn Vorwerg reden, dass wir nach St. Georgen fahren? Spinnst du?«

»Berrit! Nicht in diesem Ton!« Paps sah richtig wütend aus.

»Na, aber wenn du doch so einen Blödsinn redest, Papa.« Ich versuchte zu lachen, was mir aber nicht so recht gelang. Mein Vater schien ernsthaft sauer zu sein.

»Seit wann ist St. Georgen nicht mehr gut genug für dich? Fritzi freut sich schon drauf. Aber für dich muss es ja immer was Besonderes sein, oder?«

Also, das war ja wohl der Gipfel! Ich hab überhaupt nichts mehr gesagt. Mein Vater hatte Ärger bei der Arbeit oder Krach mit Mamm oder vielleicht war das Auto nicht durch den TÜV gekommen – und jetzt sollte ich das ausbaden. Nein danke. Ich stand auf, warf ihm einen ziemlich verächtlichen Blick zu und verzog mich auf mein Zimmer. Für mich war der Fall erledigt.

Und dann kamen erst mal die großen Ferien und natürlich wanderten wir wieder von Alpengipfel zu Alpengipfel. Fritzi meistens vorweg, weil er »das schwächste Glied in der Kette« ist. Sagt unser Vater jedenfalls, was

Fritzi natürlich überhaupt nicht hören will. Ich glaube, er ist allein deshalb im letzten Jahr wie wild gewachsen, mindestens fünfzehn Zentimeter. Mamm wandert immer mit zwei Stöcken, was ziemlich blöd aussieht, aber sie will ihre Knie schonen. Paps schleppt auf jeder Tour Berge von Schwarzbrot, Dauerwürsten und Äpfeln durch die Landschaft, weil die Verpflegung auf den Hütten so brutal teuer ist. Und ich? Ich wäre eigentlich viel lieber zu Hause geblieben. Emily war nämlich in den ersten Ferienwochen nicht verreist und wir hätten jeden Tag zusammen ins Schwimmbad gehen können. Aber meine Eltern waren sich natürlich einig: »Das Kind kann auf keinen Fall allein in Freiburg bleiben.« Irgendwie war ihnen entgangen, dass das Kind inzwischen kein Kind mehr ist.

Na ja, aber eigentlich war es ein sehr schöner Urlaub. Drei Wochen lang schien jeden Tag die Sonne und der Himmel war so blau, dass man glauben konnte, er wäre unecht. Manchmal saß ich spätabends allein vor der Hütte und ringsherum war kein einziges Licht mehr an. Über mir funkelten Millionen von Sternen und man konnte die Milchstraße sehen, die sich wie ein helles Band den Himmel entlangzog. Es war so still, dass ich nur das Rauschen in meinem Kopf hörte. So ähnlich hört sich das Meer an, dachte ich. Wie es wohl ist, am Meer zu stehen, und so weit man auch schaut, sieht man nichts als Wasser? Früher haben die Menschen gedacht, dass die Welt am Horizont des Meeres zu Ende ist. Sie hatten nicht die geringste Vorstellung, was danach noch kommt und dass überhaupt noch irgendetwas kommt.

So wie ich mir nicht vorstellen kann, was am Ende des Weltalls sein könnte. Und wenn früher nicht mal irgendjemand auf die Idee gekommen wäre, ein Schiff zu bauen und damit einfach loszusegeln, hätten wir doch heute immer noch keine Ahnung, wie die Erde aussieht.

Es gibt so vieles, was man nicht einmal denken kann. Einfach, weil es nicht geht. Vielleicht gibt es ja noch eine ganz andere Welt, aber man kann nicht einmal in Gedanken daran denken. Oder es gibt irgendetwas, das man nicht mal »Welt« nennen kann, weil es etwas völlig anderes ist. Das klingt ziemlich schräg, ich weiß. Aber anders kann ich das nicht ausdrücken.

An unserem vorletzten Wandertag bin ich mit Paps allein unterwegs gewesen; Mamm und Fritzi waren auf der Hütte geblieben, weil sie keine Lust mehr auf die Kraxelei hatten. Wir sind ziemlich hoch gestiegen, sodass unter uns kleine weiße Wolken schwebten, und von dem Ort im Tal waren nur noch winzige Pünktchen zu sehen. Und da habe ich ihn gefragt, ob er sich wohl vorstellen kann, ein ganz anderes Leben zu leben als das, was er jetzt lebt. Aber er hat mich nicht verstanden, das habe ich an seiner Antwort gemerkt.

»Nun ja, wenn du mich schon fragst. Ein bisschen mehr Urlaub und vielleicht ein größeres Haus als unser Reihenhaus. Das könnte ich mir schon vorstellen.«

»Nein, Paps. So was doch nicht. Ich meine, so was wie ein anderes Ich. Eine andere Familie, andere Gedanken und andere Gefühle, eben alles ... Weißt du ... so als wenn du in den Spiegel guckst und du siehst jemanden, den du noch nie gesehen hast.«

Er musterte mich kurz, so als hätte ich was völlig Unsinniges gesagt. »Ach, Berrit, was du dir immer so ausdenkst … Solche Gedanken sind überflüssig wie ein Kropf. Es reicht doch, wenn man das eine Leben, was man hat, in den Griff bekommt …«

»Ja, aber woher weiß man denn, dass dies hier die einzige Welt ist? Vielleicht gibt es ja noch viele andere Welten und da leben wir alle noch mal und noch mal und noch mal, nur vielleicht ganz anders.«

»Was bist du nur für eine kleine Träumerin, Berrit. Wenn du erst die Verantwortung für dein Leben trägst und womöglich noch die für andere Menschen, dann wirst du dir solche Grappen ganz schnell aus dem Kopf schlagen. Also, wie wär's mit einer anständigen Vesper? Ich könnte ein paar Schnitten gebrauchen.«

Paps blieb stehen, warf seinen Rucksack auf den Boden und schaute sich nach einem Rastplatz um. Und dann haben wir uns auf einen Stein an einem eiskalten Gebirgsbach gesetzt, die müden Füße reingehängt und Unmengen von belegten Broten gefuttert. Eigentlich war es schon toll, einfach mal einen ganzen Tag mit ihm allein zu sein. Auch wenn wir uns nicht so viel zu sagen hatten.

Aber darüber, was Paps meine »Grappen« nennt, konnte ich eigentlich sowieso mit niemandem so richtig sprechen. Höchstens mal mit Mamm, aber meistens steckt sie bis zu den Ohren in ihren Übersetzungen und dann darf man sie nicht stören. Einmal habe ich Emily gefragt, ob sie sich vorstellen kann, dass wir irgendwann mal nicht mehr jung sein werden, sondern alt und schrumpelig. Ich guckte in den Spiegel von meinem Schrank und kriegte das einfach nicht hin, mir auszumalen, dass ich mal ganz knitterig und hutzelig sein würde. »Weißt du, Emily. Das gleiche Du, bloß in 'nem ganz alten Körper und mit 'nem ganz alten Gesicht. Aber wenn du dir dann in die Augen schaust, sind es deine Augen, dieselben wie jetzt auch. Kannst du dir das vorstellen?«

Emily schaute mir ins Gesicht und schob mir mit 'nem Klaps die Baseballkappe über die Augen. »Also, wenn du dir jetzt schon wegen Falten Sorgen machst, kannst du dich ja gleich einsargen lassen. Wie wär's, wenn wir uns schon mal nach was Schönem aus Eiche umsehen?« Sie boxte mich in die Seite und lachte sich halb schlapp. Ich bemühte mich, nicht beleidigt zu sein. Mit Emily kann man viel Blödsinn machen und rumlästern und alles, aber ernsthaft reden eben nicht.

Der August war noch nicht ganz zu Ende, da wirkte mein Vater schon wieder so gestresst, als hätte er seit Jahren keinen Urlaub mehr gehabt. Wahrscheinlich musste er einen Unschuldigen raushauen, den sie zu dreimal lebenslänglich verurteilt hatten. Anders konnte ich mir nicht erklären, warum er beim Abendessen immer so grüblerisch dasaß. Mamm tat mal wieder, als wäre alles in Ordnung. Aber vielleicht war sie ja auch in Gedanken mit ihren Gedichten beschäftigt und kriegte wirklich nichts mit.

Und dann, eine Woche bevor unsere Klassenreise losging, hatte mein Vater auf einmal diesen totalen Ausflipper, den sich niemand in unserer Familie erklären konnte. Wir saßen gerade im Esszimmer um den alten runden Tisch und es gab richtig leckeren Braten mit Spätzle.

»Also, Berrit, ich weiß, du wirst jetzt rumjammern. Aber die Sache ist beschlossen: Du fährst nicht mit auf die Klassenreise.« So beiläufig wie möglich rückte er damit raus. Als ob er gerade beschlossen hätte, lieber einen Spätburgunder als einen Trollinger zum Essen zu trinken. Das sind beides Rotweine und ich schmecke nicht den geringsten Unterschied, wenn man mich mal probieren lässt.

Ich glaube, Mamm, Fritzi und ich, wir haben alle drei gedacht, wir hätten uns verhört. Denn keiner hat irgendwas gesagt.

»Hast du mich verstanden?«, hakte er noch mal nach.

»Aber Papa«, habe ich gerufen. Genau in dem Moment, als Mamm »Aber Wilfried« sagte.

Wir guckten ihn alle drei an. Irgendeine Erklärung war ja wohl fällig. Normalerweise kam er ja mitten zwischen zwei Bissen Sauerbraten nicht auf die Idee, uns mit albernen Witzen zu unterhalten.

»Du wirst nicht nach Amrum fahren, Berrit. Ich spreche morgen persönlich mit Herrn Bergwerk und kläre ab, was an Ausfallkosten entstehen wird. Und ob du die zwei Wochen über in der Parallelklasse Unterricht haben kannst.«

»Aber Wilfried«, sagte Mamm noch einmal so überzeugend erstaunt, dass es klar war, dass sie von den düsteren Plänen meines Vaters keine Ahnung hatte. Sie sah Paps besorgt an. »Wilfried. Was ist denn los? Ist irgendetwas passiert?«

Ich weiß, was sie in solchen Momenten denkt. Sie hat Angst, dass Paps mit seiner Anwaltskanzlei in eine Krise gerät. Die erste Zeit, nachdem er sich selbstständig gemacht hat, lief es nämlich ziemlich schlecht und sie waren drauf und dran gewesen, das Reihenhaus zu verkaufen. Mamm hat in diesen Monaten von morgens bis in die Nacht an ihren Übersetzungen gesessen und Paps war total mies drauf. In der Zeit hat er nicht einmal was von »schöngeistig« gesagt, wenn es um Mamms Arbeit ging.

»Nichts ist passiert. Ich will darüber auch überhaupt nicht diskutieren. Ich halte es für absolut falsch, dass Berrit jetzt ans Meer fährt. Erst das Hochgebirge und dann diese extrem ozonhaltige Seeluft ... Wir sind ja wohl alle schon genug durch das Ozonloch gefährdet. Und dazu noch der abrupte Klimawechsel, das ist einfach schädlich.«

Er meinte es ernst! Das sollte kein alberner Witz auf meine Kosten sein! Ich biss mir auf die Zunge. Bloß jetzt nicht ausflippen, sonst war alles im Eimer. »Aber wie kommst du denn darauf, Papa?«, fragte ich so ruhig wie möglich.

»Das liest man doch wohl ständig in der Zeitung, oder? Aber ich will das jetzt gar nicht weiter diskutieren. Mein Entschluss steht fest. Ich gehe morgen früh vor der Arbeit zu deinem Klassenlehrer und spreche mit ihm.«

»Seit wann bist du denn derart umweltbewusst, Wilfried? Du kannst doch Berrit nicht einfach so diese Reise verbieten, da hab ich ja wohl auch noch ein Wörtchen mitzureden.« Mamm wurde ausnahmsweise richtig laut. Was aber nur dazu führte, dass Paps noch verbissener guckte.

»Nein, tut mir leid. In diesem Fall hab ich mal allein entschieden. Das wirst du mir wohl einmal zubilligen müssen, Susanne. Berrit bleibt hier und damit basta.«

»Das kannst du doch nicht machen!!!« Ich sprang auf. Am liebsten hätte ich mich auf ihn gestürzt. Aber man schlägt ja seinen Vater nicht, egal was er sagt. Ich rannte aus dem Esszimmer und zur Tür raus. Sonst wäre ich geplatzt vor Wut und Enttäuschung.

»Altersstarrsinn. Kenn ich, hat mein Opa auch gehabt. Er wollte jeden Tag in seine alte Firma, obwohl die längst dichtgemacht hatte und das Haus nicht mal mehr stand. Meine Oma musste die Tür abschließen, damit er nicht jeden Morgen um Viertel vor acht zum Bus dackelte.« Emily zwirbelte an ihren dicken schwarzen Locken und guckte so, als hätte sie den Durchblick. Sie schaukelte gemütlich in der Hängematte, die sie quer über ihr Bett gespannt hat. Ich war immer noch viel zu aufgeregt, als dass ich mich hätte hinsetzen können, und rannte in Emilys kleinem Zimmer auf und ab.

»So ’n Quatsch. Mein Vater ist doch erst neununddreißig. Da kann man doch noch nicht so verkalkt sein.«

»Das weiß man nie so genau, wann das losgeht mit dem geistigen Verfall.« Emilys rundes Gesicht leuchtete vor Vergnügen. Irgendwie macht es ihr immer Spaß, wenn Sachen so richtig schwierig werden. Zumindest die von anderen Leuten.

»Mensch, Emily, das ist überhaupt nicht komisch. Was soll ich denn bloß machen? Ich bin doch unten durch in der Klasse, wenn mein Vater mit dem Schwachsinn zum Fruchtzwerg läuft. Und außerdem will ich nicht hierbleiben. Das ist so fiiiieeeees!« Jetzt musste ich doch noch heulen. Obwohl diese ganze Sache doch eigentlich viel zu absurd war, um ernst genommen zu werden.

»Wart's ab, Berrit, das kriegen wir schon hin. Ich glaube, ich weiß was.« Emily versetzte der Hängematte einen energischen Schubs. »Wir fangen den Fruchtzwerg morgen früh ab, bevor dein Alter mit ihm sprechen kann, und warnen ihn. Wir sagen ihm, dass dein Vater einen Anfall geistiger Umnachtung hat und dass er so tun soll, als ginge er auf alles ein.«

»Und dann?«

»Dann haben wir jedenfalls erst mal Zeit gewonnen. Vielleicht kriegt er sich ja wieder ein, dein Vater ... Obwohl ... Bei meinem Opa wurde es eigentlich immer schlimmer. Zum Schluss hat er bei jedem Frühstück erst mal die Sitzung eröffnen müssen, bevor meine Oma was sagen durfte.«

»Oje!« Ich ließ mich auf Emilys Schreibtischstuhl sinken. Nur um sofort wieder aufzuspringen. »Ich muss nach Hause. Es ist ja schon zehn! Meine Eltern sind bestimmt auf hundertachtzig.«

Ich darf nämlich fast alles, bloß nicht später als zehn nach Hause kommen. Und so wie mein Vater gerade drauf war, wollte ich ihn nicht auch noch reizen. Ich schnappte mir meine Jeansjacke, und noch ehe Emily sich aus ihrer Hängematte bequemt hatte, war ich schon zur Tür rausgesaust.

Das Wohnzimmer war schon dunkel, als ich zu Hause ankam. Aber im ersten Stock, wo mein Vater sein Arbeitszimmer hat, und oben unterm Dach brannte noch Licht. Ich war froh, niemanden sehen zu müssen, und bin gleich ins Bett gegangen. Noch bevor ich mich richtig in die Kissen gewühlt hatte, klopfte es, und Mamm kam ins Zimmer.

»Du schläfst noch nicht, Berrit?« Sie sah überhaupt nicht sauer aus. Eher schuldbewusst. Obwohl es ja Paps gewesen war, der ausgetickt war. »Warst du bei Emily?«

Ich nickte und Mamm setzte sich zu mir auf die Bettkante. »Ich hab mit Wilfried gesprochen, Berrit. Natürlich fährst du mit auf Klassenreise. Ich habe …«

Weiter kam sie nicht, weil ich ihr um den Hals fiel. »O Mamm, du bist ein Genie! Ach, ich bin dir so dankbar! Wie hast du das denn geschafft?«

Als ich Mamm losließ, sah ich, dass sie ziemlich mitgenommen aussah. Wahrscheinlich hatte es einen richtigen Streit zwischen den beiden gegeben und das kommt ziemlich selten vor.

»Ich weiß nicht, was in deinen Vater gefahren ist. Er hat nicht einen wirklichen Grund nennen können. Ich hab mich einfach durchsetzen müssen, Berrit. Auch wenn er jetzt tagelang kein Wort mehr mit uns spricht.«

Das ist nämlich die Methode von meinem Vater. Wenn er nicht mehr weiterweiß, verfällt er in eisiges Schweigen. Sodass man zum Schluss klein beigibt, nur weil man es nicht mehr aushält. Einmal hab ich mich dafür entschuldigt, dass er in der Garage mein Fahrrad mit dem Auto zerquetscht hat. Obwohl mein Rad genau da stand, wo es immer steht. Er hatte beim Motoranlassen den ersten Gang dringehabt und der Wagen war nach vorne gegen mein Rad gerummst. So ist er. Deswegen hat er auch als Anwalt so viel Erfolg.

Ich drückte Mamms Hand. »Das stehen wir schon durch, Mamm. Er ist soooo was von im Unrecht. Das muss er einfach einsehen. Hat er denn noch irgendwas gesagt?«

»Nichts, was halbwegs Sinn macht. Ich verstehe ihn einfach nicht.« Mamm seufzte und stand auf. Sie sah plötzlich richtig alt aus, obwohl sie erst vierzig ist. Ihre Haare sind noch ganz hellblond, viel heller und schöner als meine, die haben mehr so eine Straßenköterfarbe. »Gute Nacht, mein Kleines. Träum was Schönes.« Sie gab mir einen Kuss und ging hinaus.

Nach all der Aufregung konnte ich erst gar nicht einschlafen und wälzte mich von einer Seite auf die andere. Aber dann habe ich mich zusammengerollt und mir in Gedanken das Meer vorgestellt und einen Deich mit Tausenden von Schafen, und dann ging es.

Und schließlich war es so weit. Es war ein total schöner Septembermorgen und wir standen auf dem Bahnhof und warteten auf den ICE nach Hamburg. Wir, das waren: Emily und ich in ausgefransten kurzen Jeans, die wir am Abend vorher noch abgeschnitten hatten, weil es nämlich selbst im Norden dreißig Grad werden sollte. Und außerdem: Julia, Hanife, Mona, die lange Lolli,

Matze, Dennis eins und zwei, Stöpsel und der Rest der Klasse. Und natürlich der Fruchtzwerg, ganz locker in Jogginghose, T-Shirt und Turnschuhen. Jede Menge Eltern waren auch gekommen, um uns zu verabschieden. Sogar mein Vater.

Er hatte nach zwei Tagen Funkstille wohl eingesehen, dass er mit seiner absurden Idee ziemlich allein dastand. Und jetzt wirkte er, als hätte er einen Prozess verloren und wüsste genau, dass es sinnlos ist, in Revision zu gehen. Mamm war so erleichtert, dass er wieder mit uns sprach, dass sie richtig gut drauf war. Und nicht einmal Fritzi versuchte, mir die Freude zu verderben. Er war sogar richtig lieb zu mir und drückte mir noch seine Taucherbrille in die Hand. Damit holt er aus dem Schluchsee immer verrostete Blechdosen und leere Flaschen hoch. Er gibt die Hoffnung nicht auf, dass er mal einen Schatz oder eine Botschaft aus Amerika finden könnte. Mitten im Schwarzwald!

Der Zug rollte ein und das große Verabschieden ging los. »Pass auf dich auf ... Immer schön eincremen ... Hast du deine Sonnenbrille mitgenommen ... Und ruf an, wenn ihr angekommen seid ... Und bloß nicht so weit rausschwimmen ... Vor den Quallen müsst ihr euch in Acht nehmen ... Und vergiss nicht, an Tante Helene zu schreiben ...«

Ich war froh, als wir endlich im Abteil saßen und die Erwachsenen nur noch winken, aber nichts mehr sagen konnten. Mein Vater und meine Mutter standen Arm in Arm auf dem Bahnsteig und warfen mir Kusshände zu. Mensch, war ich erleichtert, dass sie sich wieder gut verstanden. Wenn ich damals schon geahnt hätte, was alles noch passieren würde, wäre ich nicht so vergnügt davongerollt. Ganz bestimmt nicht.

Am Abend kamen wir dann in Dagebüll an und sind gleich auf die Fähre. Es gab ein ziemliches Hin und Her mit dem Gepäck und jede Menge Aufregung. Der Fruchtzwerg konnte die Fahrkarten für die Fähre nicht finden; Anna jammerte rum, weil sie in Hamburg am Bahnhofskiosk ihren Walkman vergessen hatte; Matze nervte mit seinen detailgetreuen Schilderungen sämtlicher Fährunglücke der letzten Jahre und Dennis eins und Dennis zwei schlugen sich darum, wer mit Mona, unserem Topmodell in einem Zimmer schlafen würde. Voll daneben, alle drei, würde ich sagen. Mona, weil sie immer derart schön ist, dass man sich glücklich schätzen darf, wenn sie einen überhaupt zur Kenntnis nimmt. Und Dennis eins und zwei, weil sie auf so eine Seifenblase reinfallen. Und dann waren sie auch noch so blöd zu glauben, dass Jungen und Mädchen gemeinsame Zimmer haben würden.

Na, jedenfalls, in dem ganzen Trubel kriegte ich überhaupt nicht mit, dass wir schon auf dem Meer waren. Wenn Julia mich nicht angestoßen und gerufen hätte: »Guck mal, Möwen!«, wär's mir glatt entgangen, dass wir abgelegt hatten. Die Möwen umkreisten das Schiff, weil einige Leute Brotreste und Pommes frites in die Luft warfen. Leider mitsamt Ketchup. Wir haben uns schlappgelacht, als Stöpsel plötzlich 'nen roten Klacks auf dem T-Shirt hatte. Er sah aus, als wäre er einem Attentat zum Opfer gefallen. Als Julia ihn tröstete, dass er davon bestimmt prima wachsen würde, hat er sie fast über Bord geworfen.

Vom Meer war ich im ersten Moment etwas enttäuscht. Es sah kaum anders aus als der Bodensee, keine Wellen und tolle Brandung – nichts. Herr Vorwerg meinte, es wäre Ebbe und wir sollten mal abwarten. Ja, und am Geruch merkte man schon, dass wir an der See waren. Es roch so, wie sonst nichts riecht. Ein bisschen modrig und trotzdem total gut.

Und das Haus in Nebel war genial! Ein altes Bauernhaus mit Reetdach und Butzenscheiben und wahnsinnig gemütlichen Zimmern. Es hieß »Kleine Möwe«, das fand ich irgendwie nett. Ich sicherte mir mit Emily und der langen Lolli das Zimmer unterm Dach. Die lange Lolli konnte da zwar kaum drin stehen, so niedrig waren die schrägen Wände. Aber mit Mona wollte sie nicht in ein Zimmer, weil die außer »Hey, wie ist die Luft da oben« nie was zu ihr sagt. Und in das dritte Mädchenzimmer, wo Lena und Hanife schliefen, wollte sie auch nicht. »Die Hanife, die betet doch bestimmt jeden Morgen stundenlang gen Mekka, da hab ich keinen Bock drauf«, meinte sie.

So ’n Blödsinn. Hanife ist zwar muslimisch, aber deswegen liegt sie trotzdem nicht fünfmal am Tag auf dem Boden und betet. Julia ist ja auch ziemlich katholisch und geht nicht ständig beichten und so was. Und wenn, kann es einem ja auch wurscht sein, wenn’s nicht mit allzu viel Krach verbunden ist. Na okay, aber im Prinzip ist die lange Lolli ganz in Ordnung und wir haben uns damit abgefunden, dass sie das dritte Bett belegte.

Am nächsten Tag hatte der Fruchtzwerg Fahrräder organisiert, damit wir die Insel erkunden konnten. Was ja eigentlich eine gute Idee war. Aber erstens hatte es an dem Tag mindestens Windstärke zwölf plus und zweitens sollte in Wittdün ein Surfwettbewerb stattfinden, wo wir schrecklich gerne zugeschaut hätten. Aber da war nichts zu machen.

Also krochen wir nach dem Frühstück auf unseren Fahrrädern im Schneckentempo über die Deiche. Dass wir nicht rückwärtsfuhren, war schon ein Wunder. Hatten die im Wetterbericht nicht was von dreißig Grad gesagt? Mir kam es vor, als wäre plötzlich der Winter ausgebrochen. Der unermüdliche Fruchtzwerg, der auf seinem Rad hockte wie ein Zirkusbär auf'm Dreirad, tröstete uns damit, dass wir auf dem Rückweg nur so dahinsausen würden.

Wir hatten uns grad mal ein paar Kilometer die Küste entlanggequält und waren eben an Wittdün vorbei, als mich auf einmal der Schlag traf. Rumms! Zack!, lag ich auf dem Boden. Die Gabel von meinem Fahrrad war gebrochen, einfach so, ohne Vorwarnung.

»Das kommt davon, wenn man während 'ner Naturkatastrophe unbedingt Radtouren unternehmen muss!«, fauchte ich den Fruchtzwerg an, als er gemütlich herbeischlappte, um mir aufzuhelfen. Aber er blieb ziemlich entspannt. Er klopfte mir lediglich ein paar Grashalme von der Jeans und dachte nicht daran, das Unternehmen abzublasen.

»Da gehst du eben zurück nach Wittdün, Berrit, das ist höchstens ein Kilometer. Das Rad kann der Typ vom

Fahrradverleih abholen. Und von Wittdün nimmst du den Bus nach Nebel.«

»Allein?« Ich guckte ihn entsetzt an. Mich mutterseelenallein nach Nebel durchzuschlagen, fand ich auch nicht gerade spannend.

»Emily kann dich begleiten. Dann müsst ihr eure beiden Räder gut zusammenschließen, wenn ihr sie hierlasst.«

»Geiiiil!« Emily schmiss ihr Rad neben meins auf den Boden und die anderen guckten neidisch. Aber der Fruchtzwerg scheuchte mitleidslos alle wieder auf die Räder.

Kichernd und fest eingehakt, damit wir nicht davonwehten, segelten Emily und ich auf Wittdün zu. Natürlich würden wir uns nicht sofort auf den Weg zur »Kleinen Möwe« machen. Erst mal wollen wir uns Wittdün angucken und schon mal checken, ob es eine anständige Kneipe oder Disco oder so was gab. Und Eis essen gehen, falls einem nicht die Kugeln von der Tüte flogen.

Als wir in die Nähe des Ortes kamen, sahen wir tausend Leute am Strand herumwuseln, obwohl es ja nun wirklich kein Badewetter war. Der Surfwettbewerb! Natürlich! Jetzt hatten wir doch noch die Chance, uns die Sache anzuschauen.

Der Strand von Wittdün ist unglaublich breit und überall lagen die knallbunten Segel der Surfbretter herum. Die Typen, die dazugehörten, hatten Neoprenanzüge an, die meisten in Schwarz. Einige sahen absolut umwerfend aus, mit langen, zum Pferdeschwanz gebundenen Haaren und super Figuren. Emily konnte es sich nicht verkneifen, hinter einigen herzupfeifen. Da kennt sie nichts. Aber die Jungs waren natürlich viel zu beschäftigt, um uns zur Kenntnis zu nehmen.

Wir setzten uns in den Windschatten von einem Strandkorb und schauten uns alles in Ruhe an. Das Meer glitzerte und wechselte blitzschnell seine Farben von Dunkelgrau über Silbern zu Dunkelblau, je nachdem, wie der Wind die Wolken vor die Sonne pustete. Und der helle Sandstrand leuchtete manchmal auf wie Schnee.

Leider dauerte es eine Ewigkeit, bis der Wettbewerb losging. Die Typen fummelten an ihren Brettern rum und traten von einem muskulösen Bein auf das andere. Emily und ich bekamen Hunger. Schließlich war der Fruchtzwerg mitsamt dem Picknickkorb entschwunden. Wir knobelten, wer von uns zum Hotdogstand gehen sollte, und natürlich musste ich los. Emily hat bei so was immer Glück.

Ich zog mir die rote Zipfelmütze über die Ohren, weil der Wind so blies. Und dann stapfte ich durch den Sand zum Hotdogstand. Es war nicht viel los und der dicke Mann hinterm Tresen war ausgesprochen freundlich. Eigentlich zu freundlich, fand ich.

»Na, Lütte, was soll's heute sein? Doppelte Pommes? Wird Zeit, dass du mal 'n büschen Speck auf die Rippen kriegst. Die Jungs holen sich sonst noch blaue Flecken. Ho, ho.« Er lachte dröhnend von seiner nach altem Öl riechenden Bude auf mich herunter.

»Meine Rippen gehen Sie gar nichts an. Zweimal Hotdog, bitte, und zwei Cola«, antwortete ich mit so viel Würde wie möglich.

»Ho, ho, ganz wie Madame wünschen«, dröhnte der Dicke und ließ die Hosenträger über seinem Bauch schnappen. Er zwinkerte mir zu, als er die Würstchen mit den Fingern aus dem heißen Wasser fischte. Merkwürdiger Typ, hoffentlich sind die hier nicht alle so, dachte ich und versuchte, ihn zu ignorieren.

Ich balancierte mit den Coladosen und den Hotdogs, von denen leider eine Gurkenscheibe nach der anderen in den Sand rutschte, Richtung Emily. Zumindest dachte ich, dass ich Richtung Emily unterwegs war. Aber irgendwie sah ein Strandkorb aus wie der andere. Hatte unserer blaue oder rote Streifen gehabt? Auf jeden Fall war er nicht ausgeklappt gewesen wie die meisten der hunderttausend Dinger, die sich kilometerlang den Strand entlangzogen. Irgendwann hatte ich das Gefühl, schon viel zu weit gelaufen zu sein, und blieb stehen. Gerade im richtigen Moment, weil ich sonst mit einem Jungen zusammengestoßen wäre, der einem Volleyball hinterherrannte.

»Hey, Karotte! Was eierst du denn hier rum?« Der Typ lachte mich an und seine hellen Augen blitzten. Oder lachte er mich etwa aus?

»Hat Oma die gestrickt?« Ehe ich wusste, wovon die Rede war, schnappte er nach meiner roten Mütze, sodass ich mich bücken musste. Mist! Jetzt waren auch noch die letzten Gurkenscheiben dahin!

Der Junge grinste breit, sagte »Tschüssikowski«, klemmte sich seinen Ball unter den Arm und schritt so cool, wie man in dem weichen Sand nur gehen konnte, von dannen. Seine langen ausgeblichenen Haare flatterten im Wind und seine weite schwarze Hose schlackerte ihm um die Beine.

Also wirklich! Irgendwie waren die Leute hier ziemlich schräg. Ich setzte mich erst mal hin, um die ramponierten Hotdogs aufzuessen, die sowieso schon ganz kalt geworden waren. Dann musste Emily eben noch mal zum Imbiss gehen – wenn ich sie denn überhaupt jemals wieder finden würde.

Langsam ging ich am Wasser entlang und sah mich um. Der Surfwettbewerb hatte immer noch nicht angefangen, aber inzwischen war es so spät geworden, dass wir uns allmählich auf den Rückweg machen mussten, wenn wir noch vor dem Fruchtzwerg in Nebel eintrudeln wollten. Wo steckte Emily denn bloß?

»Hiiieer! Mensch, hiiiier bin ich! Hast du Tomaten auf den Augen?!« Plötzlich stand ich direkt vor Emily, die mit den Armen in der Luft rumfuchtelte und ihr weißes Sweatshirt schwenkte. Kein Wunder, dass ich sie nicht gesehen hatte. Sie lag gemütlich in einem Strandkorb und streckte ihr rundes Gesicht der Sonne entgegen. Und wer lag neben ihr und grinste mich breit an? Klar, der Typ, der vor zehn Minuten versucht hatte, mir die Mütze vom Kopf zu reißen. Wie hatte Emily den denn nun schon wieder aufgegabelt? So lange war ich doch gar nicht weg gewesen.

»Hey, Karotte. Was ist denn aus den Hotdogs geworden?«, fragte er.

»Ja, genau, wo bleibst du eigentlich mit den Dingern?

Wenn Frederik mir nicht inzwischen ein Eis gekauft hätte, wär ich glatt verhungert.« Emily warf dem Jungen namens Frederik einen ihrer reizenden Blicke zu und strich mit den Fingern durch ihre dunklen Locken.

»Pfff ...« Ich war wirklich genervt und setzte mich in gebührendem Abstand neben den Strandkorb. Das war doch typisch Emily! Mich lässt sie hier mutterseelenallein durch den Sturm irren, bis mir sämtliche Gurkenscheiben vom Brötchen fliegen, und sie lässt sich von irgendwelchen Typen Eis spendieren.

»Ich glaube, unsere Karotte ist heute schlecht drauf. Ich verzieh mich dann mal. Wir sehen uns.« Der Typ neben Emily stand auf und nickte ihr zu. Als er an mir vorbeikam, bückte er sich und schnappte wieder nach meiner Mütze. So ein Idiot!

»Wenn du da sitzen geblieben wärst, wo wir vorher waren, hätte ich nicht ewig rumsuchen müssen.« Ich drehte mich zu Emily um, aber sie sah mich nicht an, sondern starrte diesem Blödmann hinterher.

»Kanntest du den?«, fragte sie.

»Wen?«

»Na, wen wohl? Nun setz dich doch mal hier in den Strandkorb, Berrit. Hier ist es total windgeschützt und gemütlich.«

Na, okay. Ich hatte keine Lust, mich mit Emily zu zanken. Obwohl mir das wirklich auf den Keks geht, dass sie ständig irgendwelche Typen kennenlernt und ich dann plötzlich abgemeldet bin. Meistens macht sie sich gar nichts aus denen. Aber trotzdem muss sie immer eine Show abziehen, wenn Jungs in der Nähe sind.

»Der Typ hat sich benommen, als würde er dich kennen.« Emily sah mich schräg von der Seite an.

»Wer denn? Etwa dieser Blödmann, der ständig versucht, mir die Mütze vom Kopf zu reißen? Den hab ich vorhin zufällig getroffen, als ich den halben Strand nach dir abgesucht hab.«

»Nun sei doch nicht eingeschnappt. Und außerdem könntest du wirklich mal diesen albernen Deckel vom Kopf nehmen. Du siehst aus wie ein Gartenzwerg.«

»Ich kann mich ja woanders hinsetzen, wenn du Angst hast, dass ich dir deine Chancen vermassel.«

»Mensch, jetzt hör doch auf damit. Ich hab überhaupt nicht vor, hier irgendjemanden aufzureißen. Dieser Frederik hat mir aus Versehen seinen Ball an den Kopf geworfen und dann sind wir halt ins Reden gekommen.«

»Klar. Kenn ich, die Masche.« Ich musste lachen. »Komm, Emilyle. Wir müssen los. Die anderen sind bestimmt schon auf dem Rückweg.«

»Okay. Die scheinen mit dem Rennen sowieso erst um Mitternacht anfangen zu wollen.« Emily zog sich ihr Sweatshirt über und wir machten uns auf den Weg zur Strandpromenade. Aber allzu schnell kamen wir nicht vom Fleck, weil Emily alle dreißig Sekunden stehen blieb und sich umschaute.

»Trotzdem. Ich werde das Gefühl nicht los, dass der dich kannte. Und zwar nicht erst seit fünf Minuten.« Emily sah richtig misstrauisch aus. Ich hab nichts gesagt. Was hätte ich auch sagen sollen? Ich fand komischerweise, dass sie irgendwie recht hatte.

Am nächsten Morgen waren sämtliche Wolken weggepustet. Kein Lüftchen wehte mehr und die Sonne knallte nur so vom Himmel. Wir sind alle zusammen mit dem Bus nach Wittdün gefahren, um dort an den Strand zu gehen. Obwohl das Wasser saumäßig kalt war, sind wir natürlich sofort hineingehüpft. Der Fruchtzwerg ist allerdings den ganzen Tag über nicht ein Mal baden gewesen. Er hat sich eine Sandkuhle gebuddelt, sich von oben bis unten eingeölt und lag dann vier Stunden regungslos auf dem Rücken wie ein toter Walfisch. Aber natürlich war er überhaupt nicht tot. Er kriegt immer alles mit, was um ihn herum passiert, egal wie schläfrig er aussieht.

Aber eigentlich passierte gar nicht viel. Nach dem Baden haben wir Volleyball gespielt. Jungen gegen Mädchen, wobei die Jungen ziemlich schlechte Karten hatten. Wenn die lange Lolli vorne am Netz steht, ist schon mal die Hälfte des Spielfelds abgeblockt.

»Ihr müsst wechseln. Ihr müsst gefälligst wechseln. Die Lolli muss auch mal hinten spielen!«, kreischte Stöpsel alle paar Minuten und sein rundes Gesicht, das schon einen Sonnenbrand erwischt hatte, wurde noch eine Sput roter. »Herr Fruchtzwerg! Herr Fruchtzwerg! Die Mädchen schummeln!«

Wir haben uns schlapp gelacht und der Fruchtzwerg hat natürlich so getan, als würde er nichts hören und nichts sehen.

Später haben Emily und ich dann zusammen am Wasser gesessen und die Wellen um unsere Füße plätschern lassen. Ich fand es wirklich ganz fantastisch, am Meer zu sein. Die Luft riecht so gut und man kann stundenlang nichts tun und bloß zugucken, wie eine Welle nach der anderen heranrollt oder wie die knallbunten Segel der Surfer in der Sonne leuchten.

»Du, Emily. Ich frag mich, ob eigentlich alle Menschen dieselben Farben sehen. Vielleicht sieht ja jeder was anderes.«

»Wieso das denn?«

»Na ja, woher weiß man, dass alle dasselbe meinen, wenn sie von Rot oder Blau oder Gelb sprechen? Wenn ein Kind zum ersten Mal 'ne Tomate sieht, dann lernt es, dass die rot ist. Und ein anderes Kind kriegt das Gleiche zu hören und beide merken sich, dass diese Farbe eben Rot heißt. Aber vielleicht haben ja beide was ganz anderes gesehen. Kann doch sein, oder?«

Emily nahm ihren riesigen Sonnenhut ab und drückte ihn mir auf den Kopf. »Hier, Berrit, setz mal meinen Strohhut auf. Ich glaub, du hast zu viel Sonne abgekriegt.«

»Wieso denn? Das könnte doch möglich sein. Überleg doch mal ...«

Aber Emily hörte mir gar nicht mehr zu. Sie starrte aufs Meer und verrenkte sich den Hals nach einem hellgrünen Surfsegel. Oder zumindest nach einem Segel, das die Farbe hatte, die alle Menschen Hellgrün nennen, egal was sie wirklich sehen.

»Guck mal, Berrit. Ist das nicht der von gestern, der Frederik?«

»Weiß ich nicht. Interessiert mich auch nicht.« Ich fühlte mich mal wieder abgebügelt. Manchmal frage ich mich, warum ich eigentlich mit Emily befreundet bin. Die hat wirklich nichts als Typen im Kopf. Da hätte ich mich eigentlich auch gleich mit der schönen Mona zusammentun können, die sich den ganzen Tag umringt von Dennis eins und zwei auf ihrer Wolldecke räkelte.

Emily wedelte mit ihrem Handtuch, und tatsächlich: Das grüne Segel bewegte sich in unsere Richtung. Als der Surfer näher kam, sahen wir, dass es Frederik war. Er knatterte an uns vorbei und rief: »Hallo, Karotte, warum hast du denn deine Zipfelmütze nicht mehr auf? Sah doch cool aus. Hallo, Emily!« Und zack!, machte er eine rasante Wende und sauste wieder aufs Meer hinaus.

»Der nervt mit seiner blöden Karotte. Mit dem Strohhut siehst du eher aus wie ein italienischer Eisverkäufer.« Emily breitete ihr Handtuch aus, drehte sich auf den Bauch und schielte nur noch aus dem Augenwinkel dem Surfbrett hinterher. Wahrscheinlich ärgerte sie sich, dass ihr schöner Frederik mich überhaupt zur Kenntnis nahm.

Ich legte mich neben Emily, stützte die Ellenbogen auf und sah zu, wie Julia, Hanife und Stöpsel eine kunstvolle Sandburg bauten. Ich glaube, es sollte das Freiburger Münster werden, aber die Turmspitze brach ihnen immer wieder ab. Hanife war total gut drauf. Wenn sie sonst mal mit ins Freibad kommt, behält sie immer ihren Rock an und geht nie ins Wasser. Meistens lungert nämlich irgendeiner von ihren vielen Brüdern in der Nähe herum und sie bekommt zu Hause Ärger, wenn sie im Badeanzug rumläuft.

»Weißt du, was Dennis eins vorhin erzählt hat?« Emily lachte plötzlich laut auf.

»Keine Ahnung.«

»Er hat gesagt, dass er in Nebel ein Mädchen gesehen hat, die sah fast so aus wie du.« Emily prustete geradezu vor Vergnügen.

»Und was ist daran so komisch?«

»Na, weil mir eben ein Licht aufgeht. Frederik verwechselt dich wahrscheinlich. Der meint gar nicht dich, wenn er so freundlich tut.«

»Wieso freundlich? Der nervt doch nur und macht blöde Bemerkungen.«

»Trotzdem.« Emily setzte sich auf und schaute unternehmungslustig aufs Meer. »Der meint bestimmt jemand anders. Kann ja auch gut möglich sein.« Sie nahm meine Sonnencreme und fing an, sich ihre langen Beine einzureiben.

»Ach was. Dennis hat doch sowieso keinen Durchblick. Wenn der Mona anguckt, denkt der doch, er hat Julia Roberts vor sich ... Und außerdem ärgerst du dich ja bloß, weil dein toller Frederik die Unverschämtheit besitzt, mit mir zu sprechen.«

»Pfff. Was du dir einbildest.« Emily schüttelte ihre Locken und warf mir einen herablassenden Blick zu.

»Klar. Nur weil dir der Typ ein Eis spendiert hat, hast du ihn ja wohl nicht auf alle Ewigkeit gepachtet, oder?«

»Und nur weil du ein Allerweltsgesicht hast, musst du ja nicht gleich so zickig werden, oder?«

»*Du* bist zickig. Du musst immer im Mittelpunkt stehen. Das nervt mich total.«

»Du bist ja bloß neidisch. Du bist immer neidisch auf mich und das nervt mich total. Ich kann ja wohl nichts dafür, dass sich für dich kein Schwein interessiert, oder?«

»Fang bloß nicht an rumzuspinnen. Auf solche Idioten, wie du sie immer aufreißt, brauchst du dir wirklich nichts einzubilden. Und verbrauch gefälligst nicht meine ganze Sonnencreme!« Wütend riss ich Emily die Nivea-Flasche aus der Hand.

»Oje. Nicht nur zickig, sondern auch noch geizig. Behalt doch deine blöde Sonnencreme oder schmier sie dir sonst wohin.« Emily stand auf, zerrte ihr Handtuch unter meinem Hintern hervor, riss mir den Strohhut vom Kopf und stapfte davon. Ich sah, wie sie sich neben Mona hockte, die zufälligerweise mal ohne ihren Begleitschutz war. Ich konnte nicht hören, was Emily sagte. Aber Mona kicherte los, nahm ihre Sonnencreme und rieb Emily den Rücken ein. Und dann kamen Dennis eins und zwei und setzten sich auch noch mit auf die Wolldecke. Links und rechts von Emily und Mona. Ich hörte sie alle vier laut lachen. Aber sehen konnte ich nicht mehr viel, weil mir dicke Tränen in den Augen standen. Bloß nicht heulen, dachte ich, den Triumph gönn ich ihr nicht.

Noch vor dem Abendessen hatte Emily ihre Sachen aus dem Dachzimmer geholt und stattdessen war Julia bei Lolli und mir eingezogen. Beim Essen setzte sie sich ganz ans andere Ende des langen Tisches, noch hinter den Fruchtzwerg. Außer ihren Locken konnte ich nichts von ihr sehen. Zum Glück, sonst hätte ich nichts von den Apfelpfannkuchen runtergekriegt, die die Herbergseltern gebrutzelt hatten. Aber gehört hab ich sie, logisch. Sie hat natürlich extra laut gelacht und mit Mona und den beiden Dennisen herumgekichert. Selbst mit dem Fruchtzwerg hat sie geflirtet. Nur um mich zu ärgern, denn eigentlich findet sie ihn ziemlich langweilig. »Der Fruchtzwerg, der hat das Temperament von 'nem Briefkasten. Aber von einem, der nur zweimal die Woche geleert wird«, hat sie mal gesagt.

Ich habe das ganze Essen über fast kein Wort gesprochen. Ich saß bei Lolli und Stöpsel und war froh, dass die sich immer noch wegen des Volleyballspiels zankten und nicht auf mich achteten. Ich finde es ganz schrecklich, mit Emily verkracht zu sein. Plötzlich musste ich an meinen Vater denken und dass er nicht gewollt hatte, dass ich mit nach Amrum fahre. Vielleicht hatte er ja irgendwie geahnt, dass es total schrecklich werden würde. Ach Mensch, wir waren erst zwei Tage da und trotzdem wäre ich am liebsten wieder nach Hause gefahren.

»Du, Berrit. Hat Dennis dir das schon erzählt?« Stöpsel hatte es aufgegeben, Lolli von ihrem »brutalen Spielverhalten« zu überzeugen, und wandte sich mir zu. »Wir haben ein Mädchen gesehen, die fast so aussah wie du. Witzig, gell?«

»Sehr witzig.«

»Bloß andere Haare hatte sie.«

»Jetzt lass mich mit dem Scheiß in Ruhe. Ich hab am Strand 'ne Gummiente gesehen, die hatte auch verdammte Ähnlichkeit mit dir.«

Stöpsel riss erstaunt die Augen auf und verstummte. Lolli beugte sich zu ihm runter und flüsterte ihm irgendwas ins Ohr. Wahrscheinlich erzählte sie ihm, dass Emily und ich uns gestritten hatten. Von mir aus. Sollten sie mich ruhig auch noch bemitleiden. Der Abend war für mich sowieso gelaufen. Ich wartete nicht mal mehr den Nachtisch ab, sondern stand auf und ging aufs Zimmer.

Aber selbst unterm Dach hörte ich das Gegröle von unten. Und natürlich kreischte Emily am lautesten. Wenn Emily lacht, muss ich normalerweise mitlachen, aber da oben, mutterseelenallein auf meinem Bett, hätte ich am liebsten geheult. Ich stand auf, nahm meine Lederjacke und schlich die zwei Treppen runter zur Haustür. Ich hatte keine Lust, irgendjemandem zu begegnen. Ich wollte ein Stück den Deich entlanglaufen und diese ganze blöde Klasse vergessen. Allen voran Emily.

Zu allem Unglück tauchte am nächsten Nachmittag am Strand auch noch Frederik auf. Ich saß auf meinem Handtuch, hatte mich gerade in mein Buch vertieft und war froh, endlich mal nicht mehr an Emily zu denken, die gerade zusammen mit ihrer Busenfreundin Mona auf einer Luftmatratze im Wasser paddelte. Frederik kam zögernd näher geschlendert, hockte sich vor mich hin und sah mir direkt ins Gesicht.

»Hey, hallo. Das gibt's doch nicht ...«

»Ach, hallo.« Mehr fiel mir nicht ein. Ich glaube, ich bin wirklich so rot geworden wie eine Karotte. Der sah aber auch brutal gut aus, dieser Typ. Er hatte wieder die weite schwarze Hose an, aber kein Hemd, und er war total braun, sodass die Härchen auf seinen Armen ganz weiß schimmerten. Er war bestimmt schon achtzehn oder neunzehn.

»Das gibt's doch nicht. Ich hab dich echt verwechselt. In Nebel gibt es ein Mädchen ...«

»Die sieht genauso aus wie ich. Ich weiß. Lass mich bloß mit diesem Quatsch in Ruhe.« Ich schaute in mein Buch, um Frederik nicht ansehen zu müssen. Ich fühlte mich wie der letzte Tollpatsch in seiner Nähe.

»Ehrlich. Sonst hätte ich dich doch neulich gar nicht angesprochen.« Frederik setzte sich im Schneidersitz hin und ich biss mir vor Wut auf die Unterlippe. Na toll! Die blöde Emily hatte natürlich recht gehabt. Normalerweise wäre ich Luft gewesen für den Typen.

»Hast du sie noch nicht gesehen? Sie heißt Karotte. Sie wohnt nur zwei Straßen weiter als ihr. Ihr seid doch in der ›Kleinen Möwe‹, oder? Hat deine Freundin Emily jedenfalls gesagt. Wo steckt die denn eigentlich?«

»Sonst noch Fragen? Oder kann ich jetzt endlich mein Buch weiterlesen?« Der ging mir wirklich auf die Nerven, dieser Schönling. Ständig zwirbelte er an seinen blonden Strähnen herum und starrte mich an, als wäre ich ein Kamel mit zwei Köpfen.

»Okay. Okay. Ich muss sowieso weiter. Ich hab 'nen Job als Fahrer für die Apotheke. Wie lange seid ihr denn noch hier? Kommt ihr jeden Tag nach Wittdün? Wart ihr schon in der Disco in der alten Windmühle?«

»Ja.« Ich schaute wieder in mein Buch, Frederik stand auf, trat noch drei Sekunden unschlüssig von einem Bein aufs andere, sagte: »Na ja, dann ...«, murmelte sein albernes »Tschüssikowski« und ging.

Puh! Wieso kann ich nur nicht so locker mit Typen umgehen wie Emily? Ich meine nicht solche wie Stöpsel oder Matze oder andere aus meiner Klasse, sondern welche, die ich nicht kenne. Als mich an dem Abend in der Windmühle einer gefragt hatte, ob ich Lust zu tanzen hätte, habe ich auch bloß gesagt: »Nach so 'm Schrott tanz ich nicht.« Und hinterher hätte ich mich in den Hintern beißen können, weil der Typ echt nett aussah und dann den ganzen Abend mit Emily rumhing.

Na, jedenfalls sah ich jetzt, wo Frederik nicht mehr vor mir hockte, dass Emily und Mona vom Wasser aus die Szene beobachtet hatten. Hihi, Emily ärgerte sich bestimmt schwarz, dass sie ausgerechnet jetzt weit draußen mit der langweiligen Mona herumschwamm und dafür den Auftritt von ihrem Supermann verpasst hatte.

Ich legte mein Buch zur Seite, weil ich mich sowieso nicht mehr konzentrieren konnte. Was das wohl für ein Mädchen war, das so aussah wie ich? Warum sie wohl Karotte hieß? Früher im Kindergarten, als wir noch in Hamburg wohnten, da wurde auch ein Kind Karotte genannt. Die hieß eigentlich Charlotte. Vielleicht war sie das ja sogar. Aber ich kann mich nicht erinnern, dass die mir damals ähnlich gesehen hatte.

Ach, vielleicht hatte Emily ja recht und ich habe wirklich ein Allerweltsgesicht. Jedenfalls habe ich nicht so tolle dunkle Locken wie sie oder so schwarze meterlange Zöpfe und dichte Wimpern wie Hanife. Meine Haare sind irgendwas zwischen Blond und Braun und hängen glatt runter wie eine Gardine. Und so große blaue Augen und tolle weiße Zähne wie Mona habe ich auch nicht. Meine Augen haben eigentlich genauso eine undefinierbare hellbraune Farbe wie meine Haare. Und Julia? Die hat nicht einen einzigen Pickel im Gesicht und außerdem hat sie eine tolle Figur. Selbst Lolli sieht nach was ganz Besonderem aus, und wenn's bloß wegen ihrer Länge ist. Aber ich, ich bin wirklich unauffällig wie ein Murmeltier im Winterschlaf. Und wenn mich mal jemand zur Kenntnis nimmt, dann nur, weil es zufällig noch ein zweites Murmeltier gibt, das genauso langweilig ist wie ich. Es war doch zum Heulen.

Ich legte mich auf den Bauch und vergrub den Kopf in den verschränkten Armen. Am liebsten hätte ich mich in den warmen, weichen Sand eingebuddelt und wäre nie wieder aufgetaucht.

Dieses Mädchen, diese Karotte, die ging mir nicht mehr aus dem Kopf. Schließlich war sie ja auch irgendwie mit schuld daran, dass Emily und ich uns so gestritten hatten. In den nächsten Tagen schaute ich, ob ich sie in Nebel oder in Wittdün entdecken konnte. Aber ich sah niemanden, der so aussah wie ich. Nicht mal ein klitzekleines bisschen. Emilys Behauptung, ich hätte ein Allerweltsgesicht, war wirklich erstunken und erlogen. Dass ich diesem Mädchen dann plötzlich doch noch begegnen sollte, daran war nun wieder mehr oder weniger Emily schuld.

Emily und ich hatten nach wie vor kein Wort miteinander gesprochen. Selbst beim Tischtennisturnier nicht, als wir gegeneinander spielen mussten. Zum Glück habe ich sie geschlagen, obwohl sie so verbissen gekämpft hat wie noch nie. Emily hat nämlich normalerweise keinen besonderen Ehrgeiz und ich bin viel besser im Sport als sie. So richtig freuen konnte ich mich allerdings nicht, dass ich sie von der Platte geputzt hatte. Ich hätte mich viel lieber wieder vertragen.

Aber Emily ließ mich nicht an sich ran. Tagsüber hing sie ständig mit Mona und Dennis eins und zwei rum. Und abends traf sie sich mit Frederik. Das erzählte mir Lolli, die die beiden wild knutschend in der Eisdiele gesehen hatte. So richtig schadenfroh kam sie damit raus. Ich habe so getan, als würde mich das kaltlassen. Hat es aber nicht, logisch. Ich fühlte mich total im Stich gelassen, abgehängt und überflüssig. So wie zu Hause, wenn mein Vater tagelang kein Wort mit mir spricht, weil ich ihn durch irgendwas enttäuscht habe.

Und weil ich weder Lust hatte, mir Emilys und Monas pausenloses Gegacker anzuhören, noch Lollis und Julias meterdick aufgetragenes Mitleid zu ertragen, bin ich auf diese unselige Idee mit der Wattwanderung gekommen.

Ich hatte an diesem Nachmittag ziemlich rumgetrödelt, sodass der Fruchtzwerg, der mit seinen Badesachen unterm Arm vor der »Kleinen Möwe« stand, plötzlich ungeduldig wurde. »Bis du mal deinen Kram zusammenhast, Berrit, ist die Sonne schon wieder untergegangen.

Dann nimmst du eben den nächsten Bus zum Strand. Du weißt ja, wo du uns findest.«

»Aber lass dich unterwegs nicht anquatschen ... aus Versehen.« Das war Emily. Und das war das Erste, was sie seit zweieinhalb Tagen zu mir sagte. Ich hätte sie treten können, aber der Fruchtzwerg stand mit seiner Luftmatratze genau zwischen uns.

Erst fand ich es ziemlich gemein, dass alle einfach losgingen, ohne auf mich zu warten. Aber dann war ich ganz froh, mal ohne die anderen zu sein. Und auf dem Weg zum Bus kam ich dann auf die Idee, gar nicht erst zum Strand zu fahren, sondern zur Wattseite zu gehen. Vermissen würde mich ja sowieso keiner. Höchstens Emily, weil sie dann ihre fiesen Sprüche nicht loswerden könnte.

Das Watt war unendlich, weil gerade Ebbe war. Nur ganz hinten, am Horizont, konnte man noch einen Streifen blauen Wassers erkennen. Ich habe meine Jeans und meine Turnschuhe ausgezogen, mir beides um den Hals gehängt und bin losgestapft. Komisch ist das, dieses dunkle, matschige Watt, fast ein wenig unheimlich. Es riecht ganz merkwürdig nach Moder und Fisch und irgendwie nach Schwefel. Man sinkt tief mit den Füßen ein und der grünschwarze Schlamm spritzt einem die Beine hoch. Bei jedem Schritt macht es »uatt, uatt, uatt, quatsch, quatsch, quatsch«. Und bei jedem »quatsch« musste ich an Emily denken ... und an Mona ... und an diesen Frederik ... und an den Fruchtzwerg ... und an meinen Vater ... und an Mamm. Und daran, dass mich eigentlich niemand richtig verstand. Genauso war es:

Ich stapfte so vor mich hin und alle sagten bloß »quatsch, quatsch, quatsch«.

»Ihr seid mir alle scheißegal!« So laut, wie ich konnte, habe ich gegen den Wind angeschrien. »Scheißegaaaaaal!« Und dann habe ich mich komischerweise umsehen müssen, ob mich nicht doch irgendjemand gehört hat. »Krii, krii«, antwortete eine Möwe über mir und es klang, als sei sie genauso wütend wie ich. Aber sonst war niemand da. Nur auf dem schmalen Sandstreifen, da, wo das Watt anfing, war jemand zu sehen, der einen Drachen steigen ließ. Leuchtend rosa stand der Drachen in der Luft und schaukelte vor sich hin. Schön sah er aus vor den Wolken, zwischen denen ab und zu ein bisschen blauer Himmel aufblitzte.

Auf einmal fühlte ich mich richtig gut. Eigentlich war es doch toll, hier allein rumlaufen zu können und sich alles in Ruhe anzuschauen. Die kleinen, fast durchsichtigen Krebse und das Tangzeug mit den langen Fäden und die Wattwürmer, die geringelte Häufchen auf dem glitschigen Boden hinterließen. Sogar schliddern konnte man auf dem Matsch, man musste nur aufpassen, dass man sich nicht an den scharfen Miesmuscheln verletzte. Und manchmal musste man durch Priele waten, die wie Seen in dem dunklen Modder funkelten.

Die ganze Zeit über hatte ich ein Gedicht im Kopf, das der Fruchtzwerg uns hatte lernen lassen. Als literarische Vorbereitung auf die Klassenreise sozusagen – so was denkt er sich immer aus. Ich fand das Gedicht ziemlich unheimlich, aber es passte total gut in die Landschaft. Es ging ungefähr so:

Ans Haff nun fliegt die Möwe
und Dämmerung bricht herein;
über die feuchten Watten
spiegelt der Abendschein.

Graues Geflügel huscht
neben dem Wasser her;
wie Träume liegen die Inseln
im Nebel auf dem Meer.

Ich höre des gärenden Schlammes
geheimnisvollen Ton,
einsames Vogelrufen –
so war es immer schon.

Noch einmal schauert leise
und schweiget dann der Wind;
vernehmlich werden die Stimmen,
die über der Tiefe sind.

Ich weiß nicht, wie lange ich so vor mich hin lief, immer mit dem Blick nach unten, um nicht auf Muscheln oder Krebse zu treten. Aber als ich schließlich aufschaute, sah ich, dass ich schon ziemlich nah am Wasser war. Oder war das Wasser näher gekommen? Vor mir, links und rechts, überall sah ich plötzlich das silberne Meer in der Sonne schimmern. Und selbst als ich mich umdrehte, konnte ich hinter mir Wasser erkennen, auf dem sich Möwen niedergelassen hatten. In welche Richtung musste ich eigentlich? Irgendwie sah alles gleich aus. Wenn ich mich einfach umdrehte und zurückging, würde ich doch wohl zum Strand zurückkommen? Oder war ich vielleicht aus Versehen im Kreis gelaufen? »Krii, krii, krii«, schrien die Möwen und es klang so, als wollten sie sich über mich lustig machen. Mit jeder Sekunde, die ich unschlüssig herumstand, schien das Wasser näher zu kommen. Da, wo eben noch schmale Priele gewesen waren, floss jetzt ein richtiger Strom. Die Flut! Ich hatte ganz vergessen, auf die Flut zu achten!

Ich fing an zu laufen, aber es ging ja kaum vorwärts in dem tiefen Schlick. Und in welche Richtung musste ich denn nur? Wo war denn der Strand, verdammt noch mal?! Bloß jetzt nicht heulen, bloß nicht heulen. Dann seh ich überhaupt nicht mehr, wo es langgeht. Wo ist denn nur der Strand?! Wieso kommt denn das Wasser von allen Seiten?!

Und dann sah ich den Drachen. Hellrot und leuchtend tanzte er in der Luft. In diese Richtung musste ich! Das war die einzige Möglichkeit!

Und ohne den Drachen aus den Augen zu lassen, rannte ich los. Ohne zu überlegen und ohne auf die Muscheln zu achten, die mir die Füße zerschnitten. Wenn es nicht mehr weiterging, weil mir ein Priel den Weg versperrte, watete ich durch das Wasser. Und als das Wasser so hoch stand, dass ich schwimmen musste, bin ich geschwommen. Bloß nicht von der Strömung mitziehen lassen. Bloß nicht vom Weg abkommen. Da war der Drachen und da der Strand, und da musste ich hin.

Und schließlich war der hellrote Flecken ganz nahe und ich konnte das Mädchen sehen, das die Drachenschnur in den Händen hielt. Sie rief mir etwas zu, aber ich konnte sie nicht verstehen, weil der Wind vom Meer kam und ihre Worte mit sich fortriss. Ich sah, wie sie an der Schnur zerrte, sodass der Drachen zu taumeln begann und zu Boden sank. Noch einmal schwimmen, noch durch einen Priel, noch ein paar Meter, dann hatte ich es geschafft. Das Mädchen lief mir entgegen. Ich nahm ihre roten Haare wahr, ihre erschreckt aufgerissenen hellen Augen. »Bist du denn total bescheuert!«, hörte ich sie schreien. Und dann hörte ich nichts mehr und sah nichts mehr und dachte nichts mehr. Mir wurde schwarz vor Augen.

»Bist du denn total bescheuert¿«, war das Erste, was ich wieder hörte. Das rothaarige Mädchen hockte neben mir und rubbelte mir mit irgendetwas die Haare trocken. »Hoffentlich kriegst du wenigstens 'nen anständigen Schnupfen ... So was Dämliches ... bei Flut da draußen spazieren zu gehen.«

Ich setzte mich auf und nahm ihr den Pullover, den sie mir um den Kopf wickeln wollte, aus der Hand. »Lass nur. Mir ist nicht kalt.«

»Nee, weil du vor Schreck nichts mitkriegst.« Das Mädchen schlüpfte aus ihrer Jeans und gab sie mir. »Los, zieh die an. Wenn man unter Schock steht, muss man es warm haben.«

»Lass nur. Wirklich. Ich hab keinen Schock.«

»Nun mach schon.«

»Danke.« Ich nahm die Jeans, weil ich viel zu erschöpft war, um noch länger zu widersprechen. Eine

Weile saßen wir nebeneinander, ohne was zu sagen. Das Mädchen hatte die braunen Beine dicht an den Körper gezogen und die Arme darum geschlungen. Wir sahen hinaus aufs Meer, das mittlerweile den schmalen Sandstreifen fast erreicht hatte. Ein paar Meter von uns entfernt lag der Drachen am Boden und flatterte müde im Wind.

»Wenn ich den Drachen nicht gesehen hätte ...«

»Wenn ich nicht heute zufällig mal zur Wattseite gegangen wäre ...«

Jetzt fror ich doch plötzlich, obwohl die Sonne schien und der Sand unter uns warm und anheimelnd war. »Danke«, sagte ich noch mal. »Wo bist du denn sonst? Am Strand von Wittdün?«

»Nee. Normalerweise bin ich nachmittags überhaupt nicht am Strand. Ich muss schließlich arbeiten.«

»Gehst du nicht mehr zur Schule?« Ich sah das Mädchen an. Sie war nicht viel älter als ich. Höchstens sechzehn.

»Doch. Aber nachmittags muss ich sauber machen und einkaufen und so was. Wir haben Gästezimmer und meine Oma schafft das nicht allein.«

»Und heute?«

»Heute wollte ich meinen neuen Drachen ausprobieren und da hab ich mir freigenommen.«

»Einfach so? Kriegst du da keinen Ärger?«

»Nee. Wieso? Is' alles 'ne Frage der Organisation.« Das Mädchen klang, als wäre ihr Job das Natürlichste von der Welt. Sie stand auf und holte den Drachen, der ein paar Meter weitergeflattert war. Sie behielt ihn in den Händen, als sie sich wieder setzte. Ich strich über das knisternde dünne Plastik. »Danke, Drachen, dass du so schön rosa geleuchtet hast«, sagte ich leise.

»Der ist doch nicht rosa. Das ist Hellrot. Rosa mag ich nämlich überhaupt nicht.« Das Mädchen fing an, den langen weißen Schwanz des Drachens aufzurollen.

»Ich auch nicht. Ich mag auch kein Rosa. Klar, du hast recht. Der ist hellrot.« Ich half ihr, den Sand vom Drachen abzuwischen und die Schnüre zu entwirren, was mit meinen kalten Fingern ziemlich schwierig war. Ich spürte, wie erschöpft ich war. Am liebsten hätte ich mich in dem weichen Sand ausgestreckt und geschlafen. Aber dann geschah etwas, was mein Herz plötzlich schneller schlagen ließ.

»Woher weiß man eigentlich, ob wir beide das Gleiche meinen, wenn wir ›rosa‹ sagen? Weiß man doch gar nicht. Vielleicht sieht ja jeder was anderes und deshalb finden manche die Farbe schön und andere nicht«, sagte das Mädchen plötzlich und ich sah sie erstaunt an. Wollte sie mich auf den Arm nehmen? Nein, sie wirkte ganz ernst und nachdenklich. »Klingt 'n bisschen kompliziert, nä? Aber wenn jemand zu 'nem kleinen Kind sagt, das Meer ist blau und der Himmel ist blau und die Jeans hier, die ist auch blau, dann merkt sich das Kind eben ›blau‹ für das, was es da sieht. Aber …«

»Aber vielleicht sieht das Kind ja die Farbe, die die Mutter sieht, wenn sie 'ne Tomate anguckt«, fiel ich dem Mädchen ins Wort.

»Genau. Und bei 'ner Tomate lernt das Kind ›rot‹ und

dabei sieht es wieder was anderes als die Mutter und der Vater und die Oma.«

»Ja. Vielleicht sehen alle etwas anderes. Blaue Tomaten und eine grüne Sonne und lila Strand.« Ich lachte und jetzt sah das Mädchen mich ein wenig misstrauisch an.

»Ist doch ganz einfach zu kapieren, oder?«, fragte sie.

»Klar. Und wer das nicht versteht, ist blöd.« Ich ließ mich nach hinten in den Sand fallen und musste noch mehr lachen.

»Hihi. Genau ... der ist total blöd«, kicherte das Mädchen. Sie warf sich neben mich in den Sand, sodass sich der Drachenschwanz wieder entrollte und davonflatterte.

»Wie heißt du eigentlich? Das muss ich doch wissen, wo du mir schließlich das Leben gerettet hast.«

»Ich? Dreimal darfst du raten.«

»Keine Ahnung.«

»Ich heiße Karotte. Das sieht man doch.« Das Mädchen griff sich in die kurzen roten Haare. »Aber du darfst mich Karo nennen.« Wieder kicherte das Mädchen.

»Du heißt Karotte? Das ist ja 'n Ding! Du heißt tatsächlich Karotte!« Ich lachte so doll, dass mir die Tränen übers Gesicht liefen. Und das Mädchen lachte mit.

Ich fand gar nicht, dass sie mir ähnlich sah. Als wir nebeneinander zurück nach Nebel gingen, schaute ich sie mehrmals von der Seite an. Ihr dichtes Haar leuchtete in der Sonne, sodass ich mit meinen dünnen Zippeln dagegen wie eine Maus aussah. Und außerdem war sie bestimmt fünf Zentimeter größer als ich und hatte tolle lange Beine. Okay, ihr Gesicht war ähnlich schmal wie meins und der Mund auch ein wenig zu breit und die Augenbrauen zu struppig. Na gut, vielleicht, mit einer Mütze auf dem Kopf könnte ich als schlechte Karo-Imitation durchgehen. Jedenfalls bei solchen Blindschleichen wie Dennis eins und diesem Frederik.

Ich erzählte ihr von meiner Begegnung mit Frederik und von der Verwechslung und traute mich kaum, sie dabei anzuschauen. Fand sie es womöglich eine Beleidigung, dass irgendjemand mich mit ihr verwechselt hatte? Aber sie sagte bloß: »Freder, dieser Dumpfmeister …«, und lachte. O Mann, ich fand sie einfach total sympathisch. Tausendmal netter als Emily, die ständig blöde Sprüche machte und mich piesackte. Selbst als sie noch meine beste Freundin war.

»Du, Karo, erzähl bloß niemandem, dass ich mich im Watt verlaufen hab«, bat ich sie, als wir kurz vor der »Kleinen Möwe« anhielten und ich ihr die Jeans zurückgab.

»Nee, keine Angst. Außerdem fragt mich ja sowieso niemand.«

»Wenn mein Vater das je erfährt, flippt der aus. Der wollte ja von Anfang an nicht, dass ich ans Meer fahre.«

»Wieso das denn nicht? Ist doch schön hier.«

»Klar ist das schön hier. Ich weiß auch nicht, was er dagegen hat. Irgendwie hatte er 'nen Aussetzer. Normalerweise ist er ganz okay. Bisschen nervig halt, wie Väter eben so sind.« Ich hätte am liebsten Karo die ganze merkwürdige Geschichte erzählt. Aber eigentlich gab es ja nicht viel zu erzählen und Karo sah plötzlich eher abweisend aus.

»Weiß ich nicht. Ich hab keinen.«

»Was?«

»Keinen Vater. Aber ist ja auch egal. Ich muss los. Um halb sieben ist Fütterung der Raubtiere und ich muss vorher noch 'ne Menge erledigen.«

»Meinst du eure Gäste?«

»Genau.« Sie klopfte sich Sand von den Jeans und zog sich ihre Turnschuhe an. Dann gab sie mir einen leichten Klaps auf die Schulter, der ein ganz kleines bisschen wie eine Umarmung war. »Pass auf dich auf.« Sie drehte sich um und ging ein Stück den schmalen Weg zurück, den wir gekommen waren. War die Pension ihrer Großmutter vielleicht in einem der kleinen Reetdachhäuser am Ende des Ortes? Ich hatte sie gar nicht gefragt, wo sie wohnt.

»Karo!« Ich lief hinter ihr her. »Karo! Warte doch mal.« Sie blieb stehen und sah mich an. Noch ehe ich was sagen konnte, zeigte sie mit dem Finger auf eines der Häuser vorm Deich.

»Wenn du nachher noch nichts vorhast, kannst du mich ja so gegen halb neun abholen. Dann können wir noch 'ne Weile Drachen steigen lassen, bis es dunkel wird. Okay?«

»Okay.«

»Du musst bei ›Jörgensen‹ klingeln, nicht bei ›Pension Seestern‹.«

»Okay.« Ich sah ihr nach, wie sie mit schnellen Schritten davonging, und machte mich dann selbst auf den

Weg. Jetzt erst merkte ich, wie sehr mir die Füße wehtaten und wie erschöpft ich war. Trotzdem war ich total gut gelaunt und überhaupt nicht mehr so deprimiert wie in den letzten Tagen. Und das, obwohl ich um ein Haar ertrunken wäre.

Von dem Tag an, als ich Karo kennengelernt habe, änderte sich alles. Nicht nur die Klassenreise und der dumme Streit mit Emily, sondern mein ganzes Leben. Aber das sollte ich erst viel später erfahren.

Zunächst einmal war ich einfach nur total erleichtert, dass ich heil aus dem Watt herausgekommen war. Und vielleicht war ich auch besserer Laune, weil ich wusste, dass Karo am Abend auf mich wartete. Jedenfalls hatte ich nicht mehr die geringste Lust, mir Emilys blöde Sprüche und arrogante Blicke gefallen zu lassen. Ich wollte, dass sie wieder meine Freundin ist und wir uns gut verstehen. Aber gleichzeitig fühlte ich mich auch ziemlich stark und nicht mehr wie ein armes Würstchen, das auf Emily angewiesen war.

Als die anderen aus Wittdün wiederkamen, bin ich zu Emily ins Zimmer gegangen. Sie sah kaum von ihren Postkarten hoch und wirkte ziemlich cool. »Hallo, Berrit. Ich hab dich heute gar nicht am Strand gesehen.«

»Manche Leute übersieht man eben leicht.« Das war Mona, die neben dem Waschbecken stand und sich die Beine mit einem lila Lady-Shave rasierte.

»Manche Leute leider nicht«, antwortete ich, drehte ihr den Rücken zu und ging zu Emily hinüber. »Kannst du nicht mal für einen Moment mit rauskommen?«

Sie sah mich an und rollte genervt die Augen. »Du siehst doch, dass ich gerade zu tun hab.«

»Bitte, Emily.« Mir war es erstaunlicherweise wurscht, dass Mona im Hintergrund ihr affiges Kichern vom Stapel ließ. Ich wollte mich einfach nicht schon wieder von den beiden einschüchtern lassen. »Bitte, Emily.«

»Okay.« Emily stand auf, schüttelte ihre dunklen Locken und wir gingen hinaus in den Garten, der zur »Kleinen Möwe« gehörte. Wir setzten uns auf eine Bank, die mit dem Rücken zum Haus mitten in einem Rosenbeet stand. Und dann habe ich Emily erzählt, wie ich am Nachmittag statt zum Bus zum Watt gegangen bin und wie ich mich verlaufen habe und wie die Flut kam und ich durch die Priele schwimmen musste und was für eine schreckliche Angst ich hatte. Ich wollt ihr das eigentlich gar nicht alles erzählen. Ich hatte sie nur fragen wollen, ob wir nicht endlich diesen Streit begraben könnten. Aber dann sprudelte die Geschichte aus mir raus und war nicht mehr zu bremsen. Nur das mit Karo, das habe ich nicht erzählt.

Emily sah mich zuerst ungläubig und dann ziemlich entsetzt an. »Mensch, Berrit. Wenn ich mir das vorstelle … Wenn du nun ertrunken wärst und wir wären verkracht gewesen und hätten uns nicht mehr vertragen können … Das wär ganz schrecklich gewesen … Also, ich meine, es wäre natürlich sowieso schrecklich gewesen … Äh, wenn du einfach nur so …« Emily fing an rumzustottern und sah richtig unglücklich aus.

»Lass mal, ich weiß schon, wie du's meinst.«

Eine Weile saßen wir nebeneinander, ohne was zu

sagen, und schauten auf die blühenden Rosensträucher um uns herum.

»Ich weiß gar nicht genau, warum wir uns überhaupt gestritten haben«, sagte Emily leise und ich hatte auf einmal einen dicken Kloß im Hals.

»Weil du ein Trampeltier bist und ich 'ne Mimose. Deshalb.« Ich stieß Emily mit dem Ellenbogen in die Seite und sie boxte zurück. Und dann schaute der Fruchtzwerg zum Fenster heraus und beugte sich zu uns herunter. »Ach, hier steckt ihr. Das Essen steht seit einer Viertelstunde auf dem Tisch. Wollt ihr vielleicht eine schriftliche Einladung oder soll ich euch die Spaghetti hier draußen servieren?«

»Ja, bitte, Herr Vorwerg. Und vielleicht noch 'ne Flasche Schampus, wenn Sie zufällig was kalt gestellt haben.« Emily lachte, der Fruchtzwerg zeigte ihr einen Vogel und ich prustete los. Mann, war ich erleichtert, dass Emily wieder nett und lustig und meine Freundin war – so wie schon seit fast zehn Jahren. Und nun war es plötzlich total egal, dass sie sich mit Mona angefreundet hatte und mit diesem Frederik ging. Was hatte das eigentlich mit mir zu tun?

Die letzte Woche auf Amrum ging viel zu schnell vorbei. Man könnte auch sagen, sie wehte davon, denn es war wieder so stürmisch geworden wie an unserem ersten Tag auf der Insel. »Sahnemäßiges Drachenwetter«, meinte Karo. »Genau das Richtige für Jakob.« Sie hatte ihren rosaroten Drachen nämlich Jakob genannt und fast jeden Abend trafen wir uns, um ihn fliegen zu lassen. Wenn Karo mit Abwaschen und Aufräumen fertig war, holte ich sie ab und wir nahmen Jakob und zogen los. Ich fragte sie, ob ich ihr nicht bei der Arbeit helfen könnte, damit sie früher fertig wäre. Aber sie lachte nur. »Vielen Dank, aber das mach ich lieber allein. Meine Oma wird bregenklöterig, wenn jemand Fremdes in ihrer Küche rumwuselt.«

Ich war fast ein wenig gekränkt, dass ich für Karo »jemand Fremdes« war. Aber im Grunde hatte sie recht. Wir kannten uns ja kaum. Während wir uns gegen den Wind stemmten, um Jakob höher und höher steigen zu lassen, redeten wir nicht viel miteinander. Ich wusste von Karo eigentlich nur, dass sie mit ihrer Großmutter zusammenlebte und ihr bei der Arbeit mit den Pensionsgästen half. Ihre Mutter kam nur am Wochenende nach Amrum, weil sie von Montag bis Freitag in einem Versicherungsbüro in Hamburg arbeitete. »Hier auf der Insel kannst du 'ne Pension aufmachen, in 'ner Kneipe arbeiten oder Surfbretter und Fahrräder verleihen, und das isses«, meinte Karo. Als ich nach ihrem Vater fragte, zuckte sie nur mit den Schultern und sagte: »Keine Ahnung.«

Ich sah sie erstaunt an: »Wieso keine Ahnung? Heißt das, du weißt nicht, wo er lebt?«

»Nee. Weiß ich nicht. Ist mir auch ziemlich schnuppe. Ich kenn den Typen nicht. Ey, pass auf. Jakob fängt an zu trudeln. Gib mal her.« Sie nahm mir die Drachenschnur aus der Hand und brachte Jakob wieder ins Gleichgewicht. Auf einmal war sie mir sehr fremd. Sie schien meilenweit von mir und meinem Leben entfernt zu sein. »Ich kenn den Typen nicht«, hatte sie von ihrem Vater gesagt und mir fiel absolut nichts ein, was ich in dem Moment hätte antworten können. Aber Karo schien sowieso nicht über dieses Thema reden zu wollen; das war ziemlich klar.

Plötzlich fiel mir Mamm ein, die gesagt hatte: »Jeder Mensch hat seine Geheimnisse, ob man will oder nicht.« Und ich musste an Emily denken, der ich nichts von Karo erzählt hatte und dass ich mich jeden Abend mit ihr traf. Wenn Emily nicht ständig diesen Frederik im Kopf gehabt hätte, wäre ihr bestimmt aufgefallen, dass ich ihr was verheimlichte.

Aber warum wollte ich eigentlich nicht, dass sie von Karo wusste? Weil sie mich mit meiner angeblichen Doppelgängerin aufgezogen hatte? Oder weil ich Angst hatte, dass sie mir Karo wegschnappte, wenn die beiden sich kennenlernen würden? Schließlich war es schon ein paar Mal passiert, dass Emily mit ihrem Charme Leute um den Finger wickelte und ich dann plötzlich abgeschrieben war.

Karo war ganz anders als Emily. Sie schien mindestens genauso selbstbewusst zu sein, aber sie redete nicht ständig über Typen und ich kam mir neben ihr nicht so mauerblümchenmäßig vor. Manchmal wirkte sie, als ob sie niemanden brauchte auf der Welt und als wäre sie der freieste Mensch unter der Sonne, trotz Schule und Pensionsgästen und bregenklöteriger Großmutter. In solchen Momenten schien es unmöglich, ihr wirklich nahezukommen. Aber manchmal war sie einfach nur übermütig und voller Power und sie schrie vor Vergnügen, wenn Jakob einen Looping nach dem anderen am Himmel drehte. Ich kannte kein Mädchen, das so war wie Karo, und ich hätte sie schrecklich gern näher kennengelernt.

2

»Du bist ja braun wie ein Schokoladenweihnachtsmann! Ich dachte, ihr habt zehn Tage lang nur Sturm und schlechtes Wetter gehabt!« Paps gab mir einen Kuss auf die Stirn und nahm mir meine Reisetasche aus der Hand. Mamm schloss mich in die Arme und sagte nur »meine Große« und ich merkte, wie sehr sie sich freute, dass ich wieder da war. Fritzi war als Erstes in den Zug geklettert und Mamm musste hinter ihm her, um ihn daran zu hindern, nach Basel zu gondeln. »Ich will auch mal mit dem ICE fahren«, jammerte er, als Mamm ihn am Ärmel auf dem Bahnsteig festhielt. Ach, es war richtig schön, wieder zu Hause zu sein.

Zur Feier des Tages gab es Käsefondue und wir haben bestimmt zwei Stunden lang zusammen um den Esstisch gesessen und gemütlich gegessen und geredet. Mamm hatte gerade das Buch, das sie übersetzt hatte, vom Verlag zugeschickt bekommen, sodass sie und Paps mit Sekt anstießen. Ich habe alles, was ich sowieso schon per Telefon nach Hause berichtet hatte, noch mal haarklein beschrieben. Wie das Haus aussah und der Ort, und der Strand und die Dünen und die Disco in der alten Windmühle. Und dass ich gelernt hätte, Dreifachloopings mit einem Drachen zu machen. Und dass ich mich mit Emily gestritten und wieder vertragen hatte.

»Na, das ist ja nichts Neues. Soweit ich das mitbekomme, zankt ihr euch doch alle zwei Wochen«, meinte Paps.

»Worum ging es denn? Hat Emily wieder mal einen Jungen kennengelernt und du hast die beleidigte Leberwurst gespielt?« Mamm lächelte mich so verständnisvoll an, dass ich das mit der »Leberwurst« runterschluckte, ohne einzuschnappen.

»Na ja, so ähnlich. Die gabelt immer irgendjemanden auf. Ist mir im Grunde völlig egal«, brummelte ich.

»Gar nicht wahr, gar nicht wahr«, krähte Fritzi. Ich versetzte ihm unter dem Tisch einen Tritt gegen das Schienbein. Aber nur ein kleines bisschen, weil ich viel zu gut gelaunt war, um mich mit ihm zu kloppen.

»Und du?« Paps fischte mit seiner Fonduegabel im Topf herum. »Hast du auch jemanden aufgegabelt in den lauschigen Nächten am Nordseestrand?«

»Quatsch.« Ich konnte es nicht ausstehen, wenn Paps mich nach Jungen ausfragte. Irgendwie klang es immer so, als wollte er sich über mich lustig machen.

»Das muss ja auch noch nicht sein. In dem Punkt ist Emily ja nicht unbedingt ein Vorbild«, versuchte Mamm mir zu Hilfe zu kommen. Allmählich ging mir das Thema auf den Keks.

»Ob ihr's glaubt oder nicht. Ich hab auch jemanden kennengelernt. Wir waren jeden Abend zusammen und haben Drachen steigen lassen.«

»Oh, Drachen steigen lassen.« Mamm grinste, und diesmal beschlich mich das Gefühl, dass sie mich nicht ernst nahm.

»Berrit ist verknallt! Liebespaar, küsst euch mal!«,

trompetete Fritzi. Zur Strafe verschluckte er sich an einem Stück Weißbrot und war erst mal außer Gefecht gesetzt.

»Quatsch«, sagte ich zum zweiten Mal. »Das hat damit überhaupt nichts zu tun.«

»Nun lass mal Berrit in Ruhe, Fritz. Du siehst doch, dass sie schon ganz rot geworden ist«, konnte Paps sich nicht verkneifen. Dabei wusste er ganz genau, dass ich kein bisschen rot geworden war, aber mit hundertprozentiger Sicherheit anlaufe wie eine Tomate, wenn jemand behauptet, ich wäre rot geworden. »Wie heißt er denn, der Glückliche?«

Mamm tätschelte meine Hand. »Du brauchst uns nichts zu erzählen, wenn du nicht magst, Berrit. Du weißt, dass du unser volles Vertrauen hast in diesem Punkt.«

Ich nickte und stopfte mir den Mund mit einer dicken Portion Käse voll. Mir war nicht ganz klar, was sie eigentlich meinte mit »volles Vertrauen in diesem Punkt«. Dass ich nichts mit Jungen anfing? Oder dass ich nur was mit Jungen anfing, die Paps und Mamm genehm waren? Oder vielleicht, dass ich zwar was mit einem Jungen anfangen, aber nicht mit ihm ins Bett gehen durfte? Oder womöglich, dass ich zwar mit einem Jungen schlafen durfte, aber jedenfalls nicht schwanger wurde oder Aids bekam oder sonst was? Im Grunde genommen redeten wir nie über solche Themen. Aber ich fand trotzdem, dass Mamm irgendwie recht hatte. Ich war mir ziemlich sicher, dass ich keinen Blödsinn machen würde. Was immer das auch hieß.

Das Komische war, dass es ja gar nicht um »diesen Punkt« ging, sondern um Karo. Aber ich hatte keine Lust, meine Eltern aufzuklären. Eigentlich fand ich es ganz okay, dass sie dachten, ich hätte einen Typen kennengelernt. Die konnten sich ruhig an den Gedanken gewöhnen.

»Und? Ist sonst noch irgendwas Außergewöhnliches vorgefallen?« Paps musterte mich, als hätte er etwas Bestimmtes im Kopf. Hatte er etwa von meiner dämlichen Wattwanderung erfahren? Nee, das konnte beim besten Willen nicht sein.

»Wieso? Was meinst du?« Ein bisschen klopfte mir doch das Herz, weil ich ihnen die Geschichte verschwiegen hatte. Aber wenn meine Eltern davon Wind bekämen, würde ich bestimmt nie wieder ans Meer fahren dürfen.

»Nichts. Ich frag halt nur.« Paps sah irgendwie verwirrt aus und ich hatte das Gefühl, als ahnte er vielleicht doch etwas.

Mamm sah erst mich an und dann Paps. »Was ist mit euch? Stimmt was nicht?«

»Doch«, sagten Paps und ich gleichzeitig. »Alles in Ordnung.« Und dann redeten wir nicht mehr über die Klassenreise, sondern nur noch über Mamms neues Buch, auf das sie sehr stolz war.

Als eine Woche später ein Brief aus Amrum kam, legte Mamm ihn mir mit einem vielsagenden Blick auf den Schreibtisch.

»Naa? Da schreibt dir ja jemand prompt. Leider steht

kein Absender drauf ...« Mamm konnte ihre Neugier nicht verbergen, aber ich ließ sie zappeln. Karo hatte geschrieben. Ich wurde tatsächlich rot vor Freude, sodass Mamms Sensationslust befriedigt wurde. Aber zum Glück blieb sie nicht neben mir stehen, als ich den Umschlag aufriss, sondern verließ mein Zimmer, weil das Telefon klingelte.

Ich hatte Karo am letzten Tag am Strand meine Adresse gegeben. Aber dass sie mir so schnell schreiben würde, wo sie doch so viel arbeiten musste, damit hatte ich nicht gerechnet. Der Brief war auch ziemlich kurz. Sie erzählte, dass Jakob sich auf und davon gemacht hatte und dass sie selbst schuld gewesen sei, weil es an dem Abend viel zu stürmisch für so einen kleinen Drachen gewesen sei. »Guck doch mal nach oben. Vielleicht kommt er ja vorbeigeflogen. Der Wind kam nämlich vom Norden und ich schätze, er will nach Italien.« Ich musste lachen, weil ich unwillkürlich zum Fenster hinschaute. Dabei konnte man ja wohl fast davon ausgehen, dass der arme Jakob im Meer ertrunken war, irgendwo zwischen Amrum und dem Festland – vielleicht genau da, wo ich ihn zum ersten Mal gesehen hatte. Plötzlich war mir gar nicht mehr zum Lachen zumute und ich bekam eine richtige Gänsehaut.

»Na, Liebeskummer?« Mamms Stimme klang mitleidig. Ich hatte gar nicht gehört, dass sie wieder ins Zimmer gekommen war. »Möchtest du darüber sprechen, Berrit?«

»Was? Nee, da gibt's nichts zu besprechen. Wirklich nicht, Mamm. Ich hab nur gerade erfahren, dass Jakob ausgerissen ist und wahrscheinlich auf dem Weg nach Italien hier vorbeikommt.« Ich faltete den Brief zusammen und steckte ihn in meine Schreibtischschublade.

»Herrje. Was ist denn das für eine Geschichte? Wer ist denn dieser Jakob?« Mamm setzte sich auf mein Bett und schaute so besorgt, dass ich lachen musste.

»Jakob ist ein kleiner Drachen, der mir mal das Leben gerettet hat. Im Norden ist es ihm zu stürmisch und deshalb ist er abgehauen. Aber wahrscheinlich ist er unterwegs ertrunken. Drachen können ja nicht schwimmen.«

»Ach, Berrit. Du hast manchmal wirklich eine blühende Fantasie. Ich hab schon gedacht, dass wir hier demnächst irgendeinen Ausreißer beherbergen müssten und du womöglich mit ihm durchbrennst.«

»Aber, Mamm. Jakob ist wirklich ein Drachen. Und er hat mir geholfen, als ich mich verlaufen hab.«

Mamm stand auf und gab mir einen Kuss auf die Stirn. »Vielleicht wirst du ja mal eine Schriftstellerin, bei den Ideen, die du immer so im Kopf hast. Ich hab da früher auch von geträumt, aber bei mir reicht es nur zum Übersetzen. So, und das ist das Stichwort. Ich geh wieder an die Arbeit.« An der Tür drehte sie sich noch mal um. »Aber falls er doch vorbeikommen sollte, dein Jakob, dann sag uns rechtzeitig Bescheid.«

So, jetzt hatte ich im Prinzip die Geschichte mit dem Watt erzählt. Wenn Mamm mir nicht zuhörte, war das schließlich nicht meine Schuld. Ein ganz kleines bisschen hatte ich mein Gewissen erleichtert, auch wenn es ja ziemlich geschummelt war. Ich legte mich aufs Bett, sodass ich zum Fenster rausschauen konnte, wenn ich hochsah. Draußen zogen graue Herbstwolken vorbei. Das perfekte Wetter für jemanden wie Jakob. Vielleicht konnte ich ja für Karo einen neuen Drachen kaufen, wenn ich ein wenig sparte?

Als Karo mir im nächsten Brief schrieb, dass auf Amrum allmählich die Touristensaison zu Ende ging und sie immer weniger in der Pension zu tun hatte, kam mir eine viel bessere Idee. Sie konnte mich doch in den Herbstferien besuchen kommen. Dann könnten wir hier auf den Bergen Drachen steigen lassen. Fritzi würde mir seinen bestimmt leihen. Und wenn nicht, dann würden wir eben Radtouren machen und mit der Seilbahn auf den Schauinsland gondeln, das ist ein Berg, von dem aus man total weit gucken kann. Und wir könnten nach Basel fahren und an den Rhein oder vielleicht sogar nach Frankreich rüber. Ich war mir ziemlich sicher, dass Karo das alles noch nicht kannte.

Ich ging ins Wohnzimmer, wo Mamm und Paps vorm Fernseher saßen und einen Krimi guckten. Ich wartete den nächsten Werbeblock ab. Wenn ich irgendwas will von meinen Eltern, frag ich sie am liebsten während der Werbung. Dann diskutieren sie nicht so lange, weil ihr Film gleich weitergeht.

Ich hockte mich auf die Sofalehne und sah zu, wie sich irgendwelche Yuppies unter Palmen einen Rum genehmigten. Paps pfiff die Melodie mit. Er schien gute Laune zu haben.

»Also, was ich fragen wollte. Habt ihr was dagegen, wenn ich in den Herbstferien Besuch bekäme?«

»Besuch?« Paps schaltete gerade aufs Zweite um, weil ein Spot für eine Rechtsschutzversicherung kam, über die er sich schon häufig aufgeregt hatte.

»Was für Besuch?« Mamm nahm Paps die Fernbedienung aus der Hand. Sie kann es nicht ausstehen, wenn er rumzappt.

»Jemand aus Amrum.«

Mamm sah endlich vom Fernseher hoch. »Ach, dieser Junge? Wie heißt er noch? Jakob?«

»Wie oft soll ich es noch sagen: Das ist ein Drachen.« Ich grinste Mamm an. »Nee, ich will keinen Jungen einladen. Ich hab auf Amrum ein Mädchen kennengelernt, die ist so alt wie ich und total nett und ...«

»Ein Mädchen?«, fiel Paps mir ins Wort und sah mich ungläubig an. »Ich dachte, du hast dich da mit einem Jungen getroffen.«

Mamm lachte. »Berrit, jetzt hast du deinen Vater richtig enttäuscht. Anscheinend kann er es nicht abwarten, dich unter die Haube zu kriegen.«

»Warum willst du sie einladen?« Mein Vater lachte überhaupt nicht. Merkwürdig, dass er auf einmal so ernst war. Ob er etwa glaubte, dass ich mich in ein Mädchen verknallt hatte?

»Nur so. Weil ich sie mag. Das reicht doch, oder?« Ich wartete darauf, dass Paps den Ton wieder lauter stellte, weil der Film weiterging. Aber er sah nur auf den stummen Fernseher.

»Wilfried. Es geht weiter«, drängelte Mamm, aber Paps rührte sich nicht.

»Wie heißt sie denn?«, fragte er.

»Karo.« Ich rutschte ungeduldig auf der Sofalehne herum. Was veranstaltete Paps denn bloß für einen Aufstand?

»Und weiter? Mit Nachnamen?«

»Weiß ich nicht.«

»Wieso weißt du das nicht?« Paps sah mich streng an. Aber ich kannte Karos Nachnamen tatsächlich nicht. Als ich sie am Strand nach ihrer Adresse gefragt hab, hatte sie keinen Kuli oder sonst was dabei. »Du brauchst bloß zu schreiben: Karo, Pension Seestern, Nebel, Amrum. Das kommt garantiert an«, hatte sie gesagt. Und es stimmte, mein Brief war angekommen, sogar ohne Postleitzahl.

»Was macht ihr Vater denn beruflich?«, bohrte Paps weiter.

»Weiß ich auch nicht.«

»Wilfried. Berrit will sich doch nicht mit dem Mädchen verloben. Was bist du denn so kleinlich?«, kam Mamm mir zu Hilfe. »Und wieso fragst du dann nicht auch gleich, was die Mutter arbeitet?«, stichelte sie, weil es mal wieder deutlich wurde, wen mein Vater für den eigentlichen Ernährer der Familie hielt.

»Jetzt weiß ich's. Jörgensen. Sie heißt Jörgensen. Logisch, stand ja dick und breit an der Türklingel.«

»Karo Jörgensen also ... Muss man dir denn immer alles aus der Nase ziehen?« Paps seufzte, schaltete den Ton an und wendete sich wieder dem Krimi zu. »Na, von mir aus lade deine Freundin ein, Berrit.«

»Danke!« Ich stürmte zur Tür hinaus und die Treppe hinauf in mein Zimmer. Ich wollte Karo sofort schreiben, damit sie ihre Mutter fragen konnte. Oder ihre Großmutter. Falls sie überhaupt jemanden zu fragen brauchte, was ich mir bei Karo gar nicht vorstellen konnte. Und falls sie überhaupt Lust hatte, nach Freiburg zu kommen.

Emily hörte kaum hin, als ich ihr ein paar Tage später in der Pause erzählte, dass ich in den Ferien Besuch aus Amrum bekommen würde. Sie fragte gar nicht, von wem, sondern plapperte gleich los von ihrem Frederik.

»Der wollte ja eigentlich auch kommen, es war im Prinzip schon alles klar. Und vorgestern rief er an und meinte, er kann doch nicht. Einfach so. Ohne irgendeinen Grund. Das ist doch oberfies, oder? Was sagst du dazu?«

»Nichts.« Ich war schon wieder kurz davor einzuschnappen, obwohl ich es wirklich und wahrhaftig nicht wollte. Aber warum konnte Emily nicht einmal zuhören, wenn mir etwas wichtig war? Ich holte tief Luft und sah Emily an, die gerade umständlichst versuchte, eine Kakaotüte aufzureißen.

»Das Mädchen, von dem Dennis meinte, dass sie mir ähnlich sieht, kommt mich besuchen.«

Emily zerrte an ihrer Tüte, sodass ihr der Kakao über die Hände lief. »Mist, verdammter. Wer solche Dinger erfunden hat, trinkt wahrscheinlich nie im Leben selbst aus der Tüte.« Sie schaute mich flüchtig an und kramte in ihrer Schultasche nach einem Taschentuch. »Karo? Frederik hat mir von ihr erzählt.«

»Was hat er denn erzählt?«

»Nichts Besonderes. Nur, dass sie Haare auf den Zähnen hat. Und dass ihr euch immer zum Drachensteigenlassen auf dem Deich trefft.«

»Ach? Und was hat er noch gesagt?«

Emily grinste mich an. »Glaubst du, wir hatten nichts Besseres zu tun, als über dich und dieses Mädchen zu reden?«

Ich zuckte mit den Schultern. Eigentlich konnte es mir ja egal sein, was Emilys Ex-Lover so in der Gegend rumtratschte. Ich war bloß froh, dass der Schnösel nicht auch noch in den Herbstferien hier auftauchte.

Emily hatte endlich ihre Tüte richtig aufbekommen und nuckelte daran wie ein Baby. Plötzlich seufzte sie. »Das ist doch ungerecht, dass du Besuch bekommst und ich nicht. Dabei hat er mir ganz fest versprochen, dass wir uns wiedersehen. Der war total verliebt in mich und jetzt ist er auf einmal so cool … Immer läuft das so ab. Ich kapier das nicht.« Sie sah ganz unglücklich aus. »Meinst du, Karo könnte mal rausfinden, ob er 'ne andere hat?«

Ich setzte mich neben Emily auf unseren gemeinsamen Tisch, an dem wir jetzt schon etliche Schuljahre hocken.

»Ach, Emily. Das bringt doch nichts. Frag ihn doch lieber selbst. Und außerdem ist das doch viel zu weit weg für 'ne richtige Beziehung.«

Emily schnüffelte und wischte sich mit ihrem kakaodurchweichten Taschentuch die Nase. »Wieso denn? Für diese Karo ist es ja auch nicht zu weit, oder?«

»Aber das kannst du doch gar nicht vergleichen. Das ist doch etwas ganz anderes.«

»Eben.« Emily warf trotzig das Taschentuch in den Papierkorb und setzte sich auf ihren Stuhl, weil der Fruchtzwerg in der Tür vom Klassenzimmer stand. »Das ist was ganz anderes. Deswegen ist es ja besonders ungerecht und fies und gemein.«

Ich setzte mich auch hin und sah nach vorne. Ich war ganz froh, dass das Gespräch mit Emily erst mal zu Ende war. Wenn Emily sich voll in ihren Liebeskummer reinsteigerte, wusste ich nie so richtig, was ich sagen sollte. Sie tat mir dann zwar leid, aber irgendwie beneidete ich sie auch darum. Manchmal kam es mir vor, als würde in meinem Leben überhaupt nichts Spannendes passieren. Außer mal einer Fünf in Mathe und einem Streit mit Emily oder Fritzi. Und deshalb war es einfach super, dass Karo kommen würde. Ohne zu wissen, warum, hatte ich das Gefühl, als würde es plötzlich eine Menge Spannendes in meinem Leben geben.

Als ich schließlich auf dem Bahnsteig stand und auf den Zug aus Hamburg wartete, war ich richtig nervös. Und vor allem ärgerte ich mich, dass mir ständig Fritzis blöder Satz im Kopf rumging: »Berrit ist verknallt!« Man muss ja wohl nicht gleich verliebt sein, wenn man sich auf jemanden freut, oder? Und warum sollte ich nicht ein Mädchen spannender finden als irgendwelche Typen namens Frederik oder Dennis oder sonst wie? Auf solche Typen, die einem erst die Ohren vollschmalzen und dann plötzlich den Macker spielen, war ich wirklich nicht scharf. Und überhaupt: Eine Menge Mädchen in meiner Klasse hatte noch keinen Freund und Emilys ewige Hin-und-Her-Geschichten waren eigentlich auch nicht gerade beneidenswert.

Der ICE fuhr langsam in den Bahnhof ein und ich kletterte auf eine Bank, um Karo besser erkennen zu können. Trotz der vielen Leute, die ausstiegen, sah ich sie sofort. Sie hatte einen Parka, verwaschene Jeans und Turnschuhe an, einen Rucksack auf dem Rücken und ihre roten Haare leuchteten schon von Weitem. Als sie selbstbewusst und mit breitem Grinsen auf mich zukam, konnte ich überhaupt nicht glauben, dass irgendjemand mal eine Ähnlichkeit zwischen uns gefunden hatte.

In den ersten Minuten waren wir beide etwas befangen. Außer »Hey« und »Hallo« und »Wie war die Fahrt?« und »Ganz okay« haben wir nicht viel gesagt. Aber als wir dann in der Straßenbahn saßen und durch die Altstadt ratterten, war Karo ganz aus dem Häuschen. Sie schaute aus dem Fenster und machte mich auf jedes Gässchen oder Türmchen, auf jede alte Inschrift an den Häusern und jeden Oleanderbusch aufmerksam. So, als wäre ich zu Besuch und nicht sie.

»Mensch! Sieht das nicht schön aus, Berrit? Guck mal, das Haus da drüben ist von 1287!«

Ich freute mich echt, dass ihr die Stadt gefiel, und war auf einmal richtig stolz auf Freiburg.

Als wir zu Hause ankamen, war es schon wieder so, als würden wir uns ewig kennen. Paps war noch bei der Arbeit und Fritzi war Tischtennis spielen, sodass Karo meine Familie erst mal nur häppchenweise kennenzulernen brauchte. Mamm stand in der Tür, lächelte und begrüßte Karo freundlich.

»Hallo. Du bist also Karo. Ich freue mich. Berrit hat schon so viel von dir erzählt.«

Eigentlich hatte ich zwar so gut wie gar nichts erzählt, aber wenn es um Höflichkeit geht, hat Mamm ihre eigene Logik. Sie hatte sich auch extra viel Mühe gegeben und zum Abendessen Schupfnudeln gemacht. Das ist eine Sauarbeit und wir essen die im Prinzip gar nicht so gerne. Aber Mamm sagt immer, wenn Gäste aus dem Norden da sind, wollen die was probieren, was es bei ihnen nicht gibt.

Ich habe Karo natürlich als Erstes mein Zimmer gezeigt, mit meinen Büchern und den CDs und mit dem großen Fernrohr in der Ecke. Karo war schwer beeindruckt.

»Du hast ein eigenes Fernrohr? Das sieht ja genial aus!«

Ich zeigte ihr, wie man es einstellt und dass man damit das ganze Tal hinuntergucken kann und dass man die Vögel auf den Bäumen sieht, als säßen sie direkt im Garten.

»Nachts sieht man viel mehr Sterne als normalerweise. Und vielleicht können wir meinen Vater überreden, dass er mit uns mal auf den Schauinsland fährt. Wenn kein Mond scheint, kann man hunderttausend Millionen Sterne sehen und die Milchstraße und alles. Au ja, wir fragen ihn gleich, wenn er kommt.«

»Ist er das? Der mit den grauen Koteletten, der Ray-Ban-Sonnenbrille und dem Spinatfleck am Kinn?« Karo hatte das Fernrohr nach unten geschwenkt und kicherte. Ich sah zum Fenster raus.

»Der? Spinnst du? Das ist der neue Freund von unserer Nachbarin. So ein Banker aus Basel. So affig sieht mein Vater zum Glück nicht aus. Na, du wirst ihn ja gleich kennenlernern.« Ich schob das Fernrohr zur Seite, weil ich Mamm von unten rufen hörte.

»Berrit, Karo! Das Essen ist fertig! Wir fangen schon mal an, die Nudeln kleben sonst völlig zusammen!«

Fritzi tauchte auf, als wir gerade beim Nachtisch waren. Er tat ziemlich cool, wie immer, wenn Besuch da ist. Dabei ist er bloß schüchtern. Meinen Vater bekam Karo weder bei diesem ersten Essen zu sehen noch am nächsten Tag. Er hatte mal wieder unglaublich viel für seine Kanzlei zu tun und kam erst von einem Termin aus Frankfurt nach Hause, als Karo und ich schon im Bett lagen. Und am Morgen schliefen wir gemütlich aus, sodass Paps schon bei der Arbeit war, als wir aufstanden.

»Gib's zu, Berrit. Der mit den Koteletten und dem Spinatfleck, das war doch dein Alter. Du versteckst ihn vor mir, weil er so umwerfend aussieht.« Karo lachte, als ich genervt den Telefonhörer auflegte. Paps hatte angerufen, damit wir nicht mit dem Essen auf ihn warteten.

»Also wirklich! Einmal in der Woche könnte er ja wohl eher nach Hause kommen!«

Mamm kam aus der Küche. »War das Wilfried, Berrit? Du hättest ihm sagen sollen, dass wir demnächst mit einem Picknickkorb in seinem Büro auftauchen, wenn er nicht endlich mal pünktlich kommt.«

»Geil, Mami! Jetzt sofort?« Das war Fritzi, der aus seinem Zimmer herauskam.

»Erstens sollst du nicht immer geil sagen und zweitens gibt's in drei Minuten Bratkartoffeln, und zwar in unserem Esszimmer.« Mamm verschwand wieder in der Küche und Karo folgte ihr, um beim Tischdecken zu helfen. Sie war unheimlich hilfsbereit, sodass meine Mutter ganz begeistert von ihr war. Selbst wenn wir unterwegs waren, kam ihr auf einmal die Idee, Salat oder Obst zu kaufen, weil wir nichts mehr im Haus hatten. Also, mir fällt so was nie auf. Na ja, aber schließlich hatte Karo zu Hause ganze Heerscharen von Gästen zu versorgen, da war unsere Kleinfamilie wahrscheinlich ein Klacks für sie.

»Wir wollten noch mal in die Stadt, Mamm. Falls ich Paps heute Abend nicht sehen sollte, könntest du ihn bitte was fragen?« Ich erzählte Mamm, dass am nächsten Abend Neumond sein würde und dass er doch bitte, bitte mit uns auf den Schauinsland fahren sollte zum Sternegucken.

»Das ist wirklich etwas ganz Besonderes, Karo. Ich würde euch ja gerne fahren, wenn mein Mann nicht mit dem Wagen unterwegs wäre.« Mamm war die Freundlichkeit in Person und diesmal war es auch kein bisschen aufgesetzt, weil sie Karo inzwischen wirklich gernhatte. Auch Fritzi mochte Karo, das merkte man daran, dass er in ihrer Nähe besonders dreist und laut war. Und mein Vater würde Karo sicher auch mögen, wenn er sie kennenlernen würde.

Sogar Emily fand, dass Karo schwer in Ordnung war.

Wir hatten uns nachmittags mit ihr am Augustinerplatz getroffen. Karo hatte nämlich einen Brief von Frederik für sie mitgebracht.

Nach einer etwas unterkühlten Begrüßung zwischen den beiden saßen wir nebeneinander auf den Stufen vorm Museum. Karo holte den Brief aus der Tasche und Emily riss ihn ungeduldig auf, sodass eine Kette mit zwei goldenen Fischen auf den Boden fiel. Emilys Tierkreiszeichenkette, die ich ihr zu ihrem dreizehnten Geburtstag geschenkt hatte! Hatte sie die etwa diesem Einfaltspinsel gegeben? Ich sah sie empört an, aber Emily war in ihren Brief versunken. Ihre Miene wurde ganz starr.

Karo stand auf und murmelte: »Ich geh uns mal Eis holen«, als sie sah, dass Emily mit den Tränen kämpfte.

»Was ist denn, Emily?«, fragte ich leise.

»Nichts. Ich hab's ja eh gewusst.«

»Was denn?«

»Er hat 'ne Freundin. Und ich soll nicht mehr anrufen, sonst kriegt er Ärger.«

»Oje.« Ich sah Emily mitleidig an.

»Guck mich bloß nicht so an, als hätte ich nur noch drei Tage zu leben. Mir geht's prima. Und jetzt werde ich diesen Idioten erst recht anrufen, damit er ordentlich Stress kriegt.« Emily stopfte ihre Kette in die Hosentasche, wischte sich mit dem Handrücken die Tränen weg und schüttelte die Locken. Als Karo mit drei Rieseneisbechern kam, sah Emily schon wieder ganz unternehmungslustig aus.

»Erzähl ihm bloß nicht, dass ich geheult hab, Karo. Der soll sich ja nichts einbilden, der Mistkerl.«

»Ach was. Ich werde ihm sagen, dass du gar keine Zeit hattest, mich zu treffen, weil du ’nen neuen Freund hast, und dass ich seinen Brief schließlich in den Mülleimer geworfen hab.« Karo grinste Emily freundlich an.

»Genial! Würdest du das wirklich sagen? Das wäre echt total nett von dir. Ich weiß gar nicht, warum Frederik dich nicht mag.«

Karo grinste noch breiter. »Aber ich«, meinte sie, nahm den Brief, der vor uns auf den Stufen lag, und ditschte ihn wie einen Frisbee in den drei Meter entfernten Papierkorb. Für eine Sekunde sah Emily ganz entsetzt aus, aber dann sagte Karo: »Asche zu Asche«, und wir mussten alle drei lachen.

Am nächsten Tag rief Paps von der Arbeit aus an und meinte, dass er zwar nicht zum Abendessen käme, aber dass er mit uns die Nachtfahrt unternehmen würde. Karo und ich machten einen Luftsprung. Ich holte die Sternenkarte und wir schauten uns an, was man im Oktober alles am Himmel sehen konnte.

»Ich will auch mit!«, kreischte Fritzi. »Wehe, ihr nehmt mich nicht mit!«

»Wir fahren erst, wenn es stockdunkel ist, und da liegst du längst in deinem Bettchen, du Knirps.« Ich strubbelte Fritzi durch seine kurzen blonden Haare, was er nicht ausstehen kann.

Er rannte die Treppe hoch in Mamms Arbeitszimmer. »Mamiiii! Berrit will mich nicht mitnehmen!« Und das kann Mamm nun wieder nicht ausstehen, dass man sie bei der Arbeit stört. Sie guckte übers Treppengeländer nach unten. »Hör mal, Berrit. Fritzi hat auch Ferien. Er kann morgen ausschlafen. Ich finde, wir sollten alle gemeinsam fahren. Wir haben lange keinen Ausflug mehr zusammen unternommen. Einverstanden?«

»Na, okay, wenn's sein muss«, brummelte ich und wollte noch ein wenig schmollen.

Aber plötzlich hing mir Karo am Hals. »Mensch, Berrit. Ein richtiger Familienausflug! Und das mitten in der Nacht. Das ist doch toll!«

Als Paps um acht nach Hause kam, hatten wir das Fernrohr schon zusammengepackt und hingen gerade zu viert über der Sternenkarte. Paps warf nur einen kurzen Blick ins Wohnzimmer, rief »Hallo und guten Abend« und verschwand dann erst mal, um seinen Mantel an der Garderobe aufzuhängen. Schließlich kam er zu uns ins Zimmer und drückte Mamm einen flüchtigen Kuss auf die Wange. Dann gab er Karo die Hand, musterte sie und rang sich ein Lächeln ab. »So, und du bist also Karo.«

Karo lachte ihn freundlich an und antwortete: »Und Sie haben also doch keine Koteletten.«

Ich grinste, aber Paps reagierte überhaupt nicht. Er schien gar nicht zugehört zu haben. »Aus Nebel also«, sagte er und schaute Karo an, als misstraue er ihr aus irgendeinem Grund. »Karo Jörgensen aus Nebel ...«

»Meine Oma heißt Jörgensen. Ich heiße Weber. Das liegt daran, dass sie noch mal ...« Karo brach ab, weil sie merkte, dass mein Vater ihr nicht mehr zuhörte. Er sah aus, als würde er durch Karo hindurchgucken.

Mamm schaute ihn besorgt an. »Was ist denn, Wilfried? Jetzt lernst du Karo endlich kennen, nachdem sie schon zwei Tage hier ist, und dann bist du wortkarg wie ein Maultier. Hast du Ärger in der Kanzlei?«

»Ja«, antwortete Paps, drehte sich um und ging zur Tür. »Entschuldigt mich.« Und dann ging er hoch in sein Arbeitszimmer.

»Was hat er denn, Mamm?« Ich wusste nicht, was los war. Ich hatte nur auf einmal wieder dieses verdammte Gefühl, dass irgendetwas nicht stimmte.

Mamm schüttelte den Kopf. »Ich weiß es nicht. Ich werde mit ihm reden. Aber es sieht fast so aus, als wenn das heute nichts mehr wird mit der Nachtfahrt. Ich meine ... wahrscheinlich ist er einfach zu kaputt ... er arbeitet so viel ...«

Mamm stieg die Treppe hoch und wir hörten, wie sie kurz an die Tür von Paps' Zimmer klopfte und dann hineinging. Fritzi, Karo und ich, wir setzten uns ins Wohnzimmer auf die Couch.

»Es liegt an mir. Er mag mich nicht«, sagte Karo.

»Quatsch«, antworteten Fritzi und ich gleichzeitig. »Er kennt dich doch gar nicht.«

Eine Weile sagten wir alle drei kein Wort. Und dann glaubte ich, auf einmal die Lösung zu haben. Oder zumindest einen Teil davon. »Er hat was gegen Nebel!«

»Wieso gegen Nebel?« Diesmal sprachen Fritzi und Karo wie aus einem Mund.

»Immer wenn es um Nebel geht, benimmt er sich so komisch. Weißt du das nicht mehr, Fritzi? Als ich erzählt habe, dass wir mit der Klasse nach Nebel fahren, hat er auch so entsetzt geguckt. Er wollte doch auf keinen Fall, dass ich mitfahre.«

»Ich hab mal 'nen Film gesehen, da ist einer immer durchgedreht, wenn er das Wort ›Putzfrau‹ gehört hat. Der hatte irgend so 'n traumatisches Erlebnis mit 'ner Putzfrau gehabt«, meinte Karo. »Vielleicht hat euer Vater sich mal im Nebel verlaufen oder so was?«

»Mensch, Karo. Fast so wie ich! Ich meine, ich hab mich doch auch in Nebel verlaufen, im Watt.« Das war ja richtig unheimlich. Ich sah erst erschrocken zu Karo und dann zu Fritzi. Jetzt hatte ich doch aus Versehen diese Wattwanderung erwähnt. Aber Fritzi war ganz in Gedanken vertieft.

»Oder er hat mal jemanden im Nebel umgebracht. Ich hab da auch mal so einen Film gesehen, da hat einer ...«

»Red keinen Quark, Fritzi. Paps doch nicht.« Ich gab ihm einen Stoß zwischen die Rippen. Die Sache war viel zu ernst, als dass man darüber blöde Witze machen durfte. Wieder saßen wir eine Weile schweigend nebeneinander. Bis es Fritzi zu langweilig wurde und er sich mitsamt Fernbedienung in den Fernsehsessel verzog.

Karo drehte sich zu mir. »Aber irgendetwas scheint er doch zu haben. Warum fragst du ihn nicht einfach?«

»Wer? Ich?«

»Na klar. Geh doch zu ihm und frag, was mit ihm los ist.«

»Jetzt?« Ich schaute Karo ungläubig an.

»Warum nicht?«

»Aber ... Ich hab meinen Vater noch nie einfach so gefragt, was mit ihm los ist.«

»Ich rede mit meiner Mutter immer darüber, wie's ihr geht. Das heißt, wenn ich sie am Wochenende sehe. Dann ist sie meistens so geschafft von der Arbeit und von der Großstadt, dass sie erst mal Dampf ablassen muss.«

»Das ist doch was anderes. Mit meiner Mutter könnte ich das auch eher.«

»Aber wieso ist das was anderes? Kann man mit seinem Vater nicht auch ganz normal reden?«

Ich zuckte die Schultern. »Tja, ich weiß nicht. Vielleicht. Aber er ist ja auch viel seltener da.«

Karo ließ nicht locker. »Aber jetzt, jetzt ist er doch da.«

»Aber er spricht nie darüber, wie es ihm geht. Er muffelt einfach nur oder sagt überhaupt nichts mehr, wenn er schlecht drauf ist. Und eigentlich kümmert er sich ja auch nicht darum, wie es uns wirklich geht. Mal abgesehen von solchen Sachen wie Zeugnissen und so was.«

Karo sah mich von der Seite an. »Sind Väter schwieriger als Mütter, was meinst du?« Sie klang auf einmal traurig. Und da fiel mir auf, dass ich ganz vergessen hatte, dass Karo ja gar keinen Vater hatte.

Ich wusste nicht, was ich sagen sollte, und grinste nur etwas albern. »Na ja, meine Mutter ist auch manchmal komisch. Wenn sie an ihren Gedichten sitzt zum Beispiel und dann überhaupt nichts mehr mitkriegt. Oder wenn sie so tut, als wäre alles in Ordnung, und dabei glaubt das niemand, nicht mal sie selbst ... Wie ist denn deine Mutter?«

»Sie ist die tollste Frau von der Welt, würde ich sagen.

Sie ist meine allerbeste Freundin, sodass ich manchmal fast vergesse, dass sie meine Mutter ist. Sie erzählt mir, wenn sie sich verliebt hat und solche Sachen ... Aber ... wer weiß, wenn wir uns jeden Tag sehen würden, hätten wir wahrscheinlich auch Stress. Mit meiner Oma hab ich ja auch öfter Streit. Wegen der Pensionsgäste und weil mir einige von denen echt auf die Nerven gehen und solche Sachen.« Karo schüttelte den Kopf und stand auf. »Na ja, forget it, jetzt sind Ferien. Da hab ich keinen Bock, an die Pension zu denken. Also, was ist? Was machen wir jetzt? Wir könnten das Fernrohr doch im Garten aufstellen. Oder meinst du, dein Vater berappelt sich heute Abend noch?«

Ich zuckte mit den Schultern und schaute unwillkürlich zur Decke hoch, wo das Arbeitszimmer von meinem Vater lag. Ich hätte zu gerne gewusst, was Paps und Mamm da jetzt besprachen. Wahrscheinlich würde Mamm gleich runterkommen und sagen, wir sollten ein bisschen Nachsicht mit Wilfried haben, weil er mal wieder überarbeitet ist. Aber wo das eigentliche Problem lag, das würden wir wahrscheinlich nie erfahren.

Ehe ich mir noch den Kopf zerbrechen konnte, klingelte es an der Haustür. Es war Emily. Sie sah aus, als hätte sie ein Gespenst gesehen, und plötzlich waren die Gedanken an meinen Vater weiter weg als der Mond. Denn Emily hatte wirklich ein Problem.

»Ach, du Scheiße!« Karo und ich starrten Emily fassungslos an. Wir saßen zu dritt auf meinem Bett und trauten uns kaum, uns anzuschauen. Emily knabberte an ihrem Daumennagel und sah unentwegt auf den grauen Plüschhasen, der auf dem Kopfkissen lag. Als wäre er der Einzige, der ihr weiterhelfen könnte.

»O Mann, was mach ich jetzt bloß?« Emilys Stimme klang ganz anders als sonst, ganz leise und heiser.

»Bist du denn sicher? Vielleicht irrst du dich ja?«, fragte Karo.

Emily schüttelte verzweifelt den Kopf. »Nee, ich irre mich nicht. Ich hab diesen beschissenen Test dreimal gemacht. Beim dritten Mal hab ich extra einen von 'ner anderen Firma genommen ... Was mach ich denn jetzt bloß?«

»Deinen Eltern hast du noch nichts erzählt, oder?« Ich wusste die Antwort, bevor Emily wieder stumm den Kopf schüttelte.

Ich versuchte, mir Emilys Eltern vorzustellen. Die Mutter in ihrem altmodischen Rock, an dem sie sich immer umständlich die Hände abrieb, wenn sie einen begrüßte ... Sie würde wahrscheinlich schrecklich weinen und sich und Emily und die ganze Familie für immer und ewig aus der menschlichen Gesellschaft ausgeschlossen sehen. Sie würde Emily anschauen, als hätte die ihr Herz gebrochen. Und ihr Vater würde bloß stumm dasitzen. Und Emily würde sterben vor Kummer darüber, dass sie ihren Eltern solche Sorgen machte.

Emily schien das Gleiche wie ich zu denken. »Meine Eltern würden das nie verstehen. Die leben doch in einer ganz anderen Welt. Für die bin ich doch das liebe kleine Emilyle, das ...« Emily konnte nicht weitersprechen, weil sie laut losschluchzen musste.

Ich legte ihr den Arm um die Schultern und versuchte, sie irgendwie zu trösten. »Sie haben sich doch immer wieder eingekriegt, früher, wenn du was ausgefressen hast.«

Emily schüttelte meinen Arm ab. »Aber ich hab nichts ausgefressen! Ich bin schwanger!« Sie warf sich aufs Bett und vergrub sich in der Decke.

Ich sah Karo hilflos an, aber sie zuckte nur ratlos mit den Schultern. Vorsichtig legte ich Emily die Hand auf den Rücken. »Soll ich uns 'nen Kakao machen?«

Emily brummelte irgendwas, das wie »nein« klang. Dann drehte sie sich um und wischte sich die Nase an meiner Pyjamajacke ab, die sie unterm Kopfkissen hervorgezogen hatte. »Was soll ich denn bloß machen?«, fragte sie zum dritten Mal.

»Du musst auf jeden Fall zum Arzt gehen«, meinte Karo.

Emily verzog entsetzt das Gesicht. »Etwa zu dem Dr. Ruf? Da geh ich nicht hin. Der wird genauso von den Socken sein wie meine Eltern. Neulich hat er zu meiner Mutter gesagt: ›Gell, Frau Mangold, die Emily, die ist auch bald kein kleines Mädle mehr.‹ Und dabei hat er so besorgt geguckt, als hätte er Angst, dass ich demnächst Aids und Syphilis und Alzheimer gleichzeitig kriege. Nee, zu dem kann ich nicht gehen.« Emily grinste sogar ein bisschen bei dem Gedanken an den alten Dr. Ruf.

»Hast du keine Frauenärztin?«, fragte Karo.

»Nee. Bisher war ja alles in Ordnung ... Aber Julia kennt eine ... Ich kann sie ja mal fragen ...« Emily schien der Gedanke an diesen Arztbesuch schrecklich unangenehm zu sein. Die Ärmste! Bei der Vorstellung, in so eine Praxis zu gehen und zu sagen: »Guten Tag, können Sie bitte mal nachgucken, ob ich wirklich schwanger bin?«, wurde mir ganz anders.

Eine Weile sagten wir alle drei gar nichts mehr. Ich war ganz leer im Kopf. Erst dieses merkwürdige Verhalten von meinem Vater und jetzt das mit Emily. Ich hatte auf einmal das Gefühl, als ob etwas Unfassbares, Unheimliches um mich herumspukte. Etwas, das langsam von allen Seiten in meine Welt eindrang und alles veränderte. Etwas Bedrohliches, Aufregendes, das mein Herz schneller schlagen ließ.

Ich sah Emily an und sie kam mir plötzlich ganz fremd vor. Vielleicht, weil ich sie noch nie wirklich verzweifelt gesehen hatte. Ihr ständiger Liebeskummer oder irgendein Frust wegen der Schule, das war etwas anderes. Bei so was war sie immer die gute alte Emily gewesen, der eigentlich keiner was konnte. Aber jetzt saß sie da und war vor lauter Angst ganz blass und klein und stumm.

»Ist Frederik der Vater?«, fragte Karo plötzlich und Emily nickte wortlos mit dem Kopf.

Erst da fiel mir auf, dass wir schon eine halbe Stunde zusammenhockten, ohne dass ich über diesen Teil der Sache nachgedacht hatte. »Ist Frederik der Vater?« Wie das klang! Dieser schlaksige Typ mit seinem Surfbrett und seinem albernen »Tschüssikowski« sollte ein Vater sein? Und Emily, die mit roten Augen und geschwollener Nase vor mir saß und an ihren Haaren zwirbelte, die würde dann Mutter werden? Nein, das ging nicht. Das bekam ich nicht in die Birne. Bei »Vater« und »Mutter« konnte ich einfach nicht an Frederik und Emily denken.

Die Einzige von uns dreien, die überhaupt noch logisch denken konnte, war Karo. »Weiß Frederik es schon?«, fragte sie.

Emily schluchzte auf. »Neiiiin. Und er soll es auch nicht wissen.« Dann warf sie ihre Locken zurück und sah uns trotzig an. »Das ist meine Sache. Was soll Frederik dabei? Der kann mir auch nicht helfen. Das würde alles bloß noch komplizierter machen.«

»Aber wenn er doch der Vater ist ... Wenn es doch schließlich auch sein Baby ist ...«, sagte Karo fast schüchtern und ich hätte ihr am liebsten den Mund zugehalten. So wie Karo das sagte, wurde alles plötzlich so konkret. Emily hatte nicht einfach nur einen dämlichen Doppel- und Dreifachtest gemacht, der das falsche Ergebnis gezeigt hatte. Sie hatte nicht einfach ein riesiges Problem, das sie ihren Eltern nicht erzählen konnte. Emily bekam ein Baby, ein richtiges, lebendiges Baby!

Ich schaute hinüber zum Kleiderschrank, in dessen Türen wir uns spiegelten, und versuchte, mir Emily mit dickem Bauch vorzustellen. Es ging nicht. Vielleicht dachte Emily in diesem Moment dasselbe. Sie strich ihr zerknittertes Hemd glatt und stand auf.

»Ich muss nach Hause. Sonst machen sich meine Eltern Sorgen.« Vorm Spiegel wischte sie ihre Augen trocken, blies die Wangen auf und stieß hörbar die Luft aus. Sie drehte sich zu uns um. »Seh ich noch verheult aus?«

»Nee. Bis du zu Hause bist, sieht man nichts mehr. Sollen wir dich bringen?« Ich stand auch auf. Aber Emily schüttelte den Kopf. »Lasst mal. Ich bin ja nicht krank oder so was.« Und dann war sie zur Tür raus und wir hörten nur noch ihre Schritte auf der Treppe und wie unten die Haustür zuschlug.

Ich ging hinunter, um hinter ihr abzuschließen. In Paps' Arbeitszimmer brannte noch Licht, aber ich konnte nicht hören, ob meine Eltern miteinander sprachen. Als ich am Wohnzimmer vorbeikam, sah ich, dass Fritzi im Fernsehsessel eingeschlafen war. Ich schaltete den Apparat aus und ließ Fritzi schlafen. Den Ausflug konnten wir sowieso vergessen und ich glaube nicht, dass irgendjemand an diesem Abend noch Lust gehabt hätte, die Sterne anzugucken.

Von einem Tag zum anderen war der Sommer vorbei. Freiburg lag unter einer dicken Nebeldecke, sodass alles plötzlich seine Farbe verloren hatte. Vielleicht waren die Blätter von dem Ahorn vor meinem Fenster noch rot und die Birken gegenüber noch gelb, aber man sah sie nicht mehr. Das Haus, der Garten, die Straße, die Stadt, der Schwarzwald und womöglich die ganze Welt waren in einem feuchten, grauen Dunst verschwunden. Eigentlich mag ich diese Jahreszeit gerne, vor allem wenn Ferien sind. Es ist so ein bisschen wie krank sein. Man kann den ganzen Tag zu Hause bleiben, sich im Bett verkriechen, heiße Schokolade trinken und jede Menge Bücher lesen. Und wenn man nach draußen guckt, scheint es gar keine Welt mehr zu geben, sodass man auch nichts verpassen kann. Aber dieses Jahr kam der Herbst zu plötzlich. Am Tag zuvor waren Karo und ich noch schwimmen und Eis essen gewesen und jetzt war es auf einmal kalt wie im Winter.

Am Morgen, nachdem Emily mit ihrer unglaublichen Neuigkeit gekommen war, wachte ich früh auf. Ich spürte den Nebel und die Kälte schon, bevor ich zum Fenster sah. Karo, die auf einer Klappliege vor meinem Schreibtisch lag, schlief noch. Ich konnte ihre leisen und ruhigen Atemzüge hören und bemühte mich, kein Geräusch zu machen, um sie nicht zu wecken. Am liebsten hätte ich überhaupt niemanden gesehen und gesprochen. Ich hatte das Gefühl, als gäbe es viel zu viel zu bereden und zu fragen und zu klären. Und all diese Fragen lagen wie ein schweres Gewicht auf mir.

Diese Ahnung, dass irgendetwas nicht stimmte, war so mächtig wie nie zuvor. Und plötzlich wollte ich nur noch bei Mamm sein und von ihr hören, dass alles in Ordnung war und es nichts gab, wovor ich Angst zu haben brauchte. So wie früher, wenn der Baum vor meinem Fenster unheimliche Schatten in mein Zimmer warf und Mamm mich vor Geistern und Gespenstern beschützt hat.

Ich stand auf und zog mir den Bademantel über, weil es so kalt war. Unten in der Küche hörte ich Mamm, die den Abwasch vom Abend machte. Als ich in die Küche kam, hantierte Mamm weiter mit der Spülbürste im Becken herum. Aber sie sah mich ganz liebevoll an. »Na, Maus? Schon ausgeschlafen?«

Ich fühlte mich schon ein wenig getröstet. »Maus« hatte Mamm früher immer zu mir gesagt, als Fritzi noch nicht auf der Welt war. Ich hockte mich auf einen Küchenstuhl und zog die Beine hoch, sodass meine Füße unter dem warmen Bademantel verschwanden.

»Viele Grüße von Wilfried. Er ist für ein paar Tage unterwegs. Irgend so eine Geschichte mit einer großen Versicherung.« Mamm sah mich nicht an.

»Was ist mit ihm, Mamm?«

»Er hat viel zu tun, Berrit. Dieser Fall ist wohl eine ziemlich große Chance für ihn.«

»Mamm? Ist alles in Ordnung? Ich meine, mit dir und Paps?«

Sie drehte sich nicht um, aber sie hörte auf, im Spülbecken herumzuwischen, und ließ langsam die Hände sinken. »Ich weiß es nicht, Berrit. Ich weiß es nicht.«

Vielleicht lag es an diesem Nebel, der alles verschluckte, und an der unerwarteten Kälte im Haus, dass ich plötzlich so in Panik geriet. »Er kommt bestimmt nicht wieder, Mamm. Er ist weg.«

Mamm wischte sich die Hände an ihren Jeans trocken, nahm sich einen Stuhl und setzte sich zu mir an den Tisch. »Unsinn, Berrit. Er kommt bestimmt wieder. Aber vielleicht muss er einfach ein paar Tage für sich sein.«

»Aber warum denn? Was ist denn passiert?«

»Ich weiß es nicht, Berrit. Er wollte gestern Abend nicht darüber sprechen. Du kennst ihn doch. Er brütet seine Probleme lieber für sich aus.« Mamm bemühte sich um den beruhigenden Ton, den sie immer an den Tag legt, wenn es Schwierigkeiten gibt. Aber ich fühlte, dass sie genau solche Angst hatte wie ich. Und dabei hätte ich so gerne geglaubt, dass das alles nichts mit uns zu tun hatte, sondern wirklich nur mit irgendwelchen blöden beruflichen Geschichten.

Mamm stand auf und drückte mich kurz an sich. »Komm, Berrit. Zieh dich lieber an. Du bist ganz durchgefroren. Ich stell jetzt die Heizung an und dann frühstücken wir erst mal gemütlich, ja? Soll ich ein paar Laugenbrezeln aufbacken?«

Ich nickte, ohne was zu sagen. Als ich hoch in mein Zimmer ging, war ich ein wenig erleichtert. Vielleicht war es ein kindischer Gedanke: Aber solange Mamm da war und Frühstück machte, war die Welt doch noch in Ordnung. Zumindest ein Stück weit.

Karo und ich blieben den ganzen Tag in meinem Zimmer. Wir saßen in Decken eingewickelt auf meinem Bett und redeten. Über das merkwürdige Verhalten von meinem Vater, über sein plötzliches Verschwinden, über Emily und darüber, wie sie sich jetzt wohl fühlte. Wir wussten es nicht. Genauso wenig, wie wir wussten, was mit meinem Vater los war.

»Glaubst du, dass überhaupt irgendein Mensch einen anderen verstehen kann? Ich meine *wirklich* verstehen? Nicht nur so ungefähr? Man kann doch in niemanden hineingucken.«

»Vielleicht, wenn man sich liebt.« Karos Satz klang eher wie eine Frage als wie eine überzeugte Antwort.

Ich schüttelte den Kopf. »Nee, das glaube ich nicht. Mamm versteht Paps ziemlich oft nicht, aber ich denke schon, dass sie sich lieben. Und Mamm und Paps lieben mich sicher auch. Aber manchmal kommt es mir vor, als ob sie in einer ganz anderen Welt leben als ich.«

»Aber vielleicht versteht deine Mutter deinen Vater ja trotzdem, auch wenn sie nicht genau weiß, was mit ihm los ist. Ich meine ... irgendetwas in ihr versteht ihn vielleicht ja doch, einfach so, ohne Erklärung. Weißt du?«

Ich nickte. Ich verstand tatsächlich, was Karo meinte, ohne es genau zu begreifen.

Und ich konnte mich auch in Emily hineinversetzen, als ich sie anrief und sie plötzlich unerwartet optimistisch klang.

»Weißt du, Berrit, diese Tests sind nicht hundertprozentig sicher. Ich hab noch mal auf dem Zettel nachgelesen, der da beiliegt. Es sind nur neunundachtzig Prozent oder so was Ähnliches. Und in dem Gesundheitsbuch von meinen Eltern steht auch so was. Bei jungen Mädchen ist das manchmal alles ein bisschen durcheinander mit den Hormonen, schreiben die.«

»Tja, ich weiß nicht ...«

»Aber ich.« Emily klang total überzeugt. »Ich will das einfach nicht, verstehst du. Ich will nicht.«

»Aber ...«

»Ich warte jetzt erst mal ab.«

»Aber ...

»Weißt du noch, wie Julias Mutter angeblich Krebs hatte? Und dann war es doch bloß irgendwas Harmloses.«

»Ja, schon, aber das ist doch was anderes.«

»Oder als der Fruchtzwerg mir gesagt hat, dass ich nicht versetzt werde. Und ich hab die ganze Nacht durchgeheult. Und am nächsten Tag kam er an und hat gemeint, die Lehrerkonferenz hat noch mal nachgerechnet und sie würden mich doch noch mit durchschleppen.«

»Ach, Emily ...«

»Und jetzt steh ich sogar in Mathe und Physik auf ’ner Drei.«

Ich habe nichts mehr gesagt. Emilys Zuversicht war nicht kleinzukriegen. Und vielleicht hatte sie ja auch recht? Wenn man sich etwas ganz und gar wünscht, geht es ja vielleicht in Erfüllung. Ich habe das Telefon unters Kinn geklemmt, die Fäuste geballt und sie zusammengepresst, bis es wehtat.

»Ich drück dir ganz fest die Daumen, Emily. So fest ich kann.«

Erst als ich auflegte und wieder hoch in mein Zimmer ging, habe ich losgelassen. »Lieber Gott, mach, dass Emily nicht schwanger ist«, habe ich vor mich hin geflüstert. »Und mach, dass Paps wieder zurückkommt.«

Dabei glaub ich gar nicht an Gott. Ich bin auch nicht getauft und nicht konfirmiert und gar nichts. Aber vielleicht half es ja trotzdem irgendwie. Das weiß man ja nicht. Das kann ja niemand auf der Welt wirklich wissen.

Am nächsten Tag rief Emily mich an und war munter wie immer. Sie hatte gerade von Julia gehört, dass sie mit einigen aus unserer Klasse rauf auf den Schauinsland wollte. Wenn der Nebel dick und fies im Tal liegt, ist man hoch oben auf dem Berg manchmal schon über den

Wolken und sitzt gemütlich in der Sonne. Was Schöneres kann man sich gar nicht vorstellen.

Dennis eins und zwei wollten mit dem Moped kommen. Julia, Emily, Mona, Stöpsel, Karo und ich verabredeten uns an der Talstation der Seilbahn. Die anderen waren schon da, als Karo und ich eintrudelten. Stöpsel zog die Augenbrauen hoch und versuchte, durch die Zähne zu pfeifen, als er Karo sah. Aber da er kurz vor den Ferien eine Zahnspange bekommen hatte, brachte er nichts als einen feuchten Schnaufer zustande.

Emily klopfte ihm auf den Rücken. »Verschluck dich nicht, du Taschenknirps.«

Karos Auftauchen sorgte richtig für Wirbel. Stöpsel fragte ihr sofort ein Loch in den Bauch. Ob die »Kleine Möwe« noch stand, wollte er wissen. Was die Disco in Wittdün machte, ob es schon Sturmflut gegeben hatte und was weiß ich nicht alles.

»Ach, hast du zufällig 'ne Ahnung, was Emilys Frederik so treibt?« Das war Mona. Und das klang so, als freute sie sich schon auf eine ordentliche Portion Tratsch.

Emily warf ihr einen wütenden Blick zu. Aber ehe sie was sagen konnte, kam Karo ihr zuvor.

»Klar. Er hat sich ein neues Surfbrett gebaut, und das hat er ›Emily‹ getauft, und damit hat er die Norddeutsche Meisterschaft gewonnen.« Karo log, ohne auch nur im Geringsten rot zu werden. Ich war richtig stolz auf sie und Emily grinste sie dankbar an.

»Cool«, sagte Mona leicht irritiert. »Ich wusste gar nicht, dass man Surfbrettern einen Namen gibt.«

»Tja«, meinte Karo nur und zuckte mit den Schultern.

Und dann stiegen wir endlich in die Gondel und schwebten hoch und höher durch den Nebel. Kurz vor der Bergstation durchstießen wir die Wolken und wurden plötzlich von der Sonne geblendet. Es war fantastisch. Das, was eben noch als feuchte Masse um uns herumgewabert hatte, lag jetzt wie eine flauschige Bettdecke unter uns.

»Als würde man kurz mit den Augen zwinkern und auf einmal ist man ganz woanders.« Karo schaute mich bewundernd an. So, als hätte ich die Zauberei veranstaltet.

An der Bergstation warteten schon Dennis eins und zwei auf uns. Sie hatten ihre Lederjacken ausgezogen. Dennis eins saß sogar mit nacktem Oberkörper auf dem Moped und schwenkte sein T-Shirt zur Begrüßung. So warm war es nun wieder auch nicht, aber er musste wohl unbedingt mit seinen dreieinhalb Brusthaaren angeben.

Die beiden machten auf dem Weg zum Aussichtsturm einen ziemlichen Zirkus um Karo. Sie zeigten ihr jeden Gipfel im Umkreis, faselten von Inversionswetterlage, stellten sich gegenseitig ein Bein und taten dann so, als müssten sie sich an Karo festhalten, um nicht zu stolpern. Mona versuchte sich einzuklinken, aber aus irgendeinem Grund war sie bei den beiden abgemeldet. Schließlich gab sie auf, hängte sich an Stöpsels Arm und ließ sich von ihm den Berg hochschleppen.

Die Sicht vom Aussichtsturm war einfach fantastisch. Man sah die Vogesen, die jenseits des Rheins aus der Wolkenschicht ragten, und konnte sogar bis zu den Alpen gucken. Die Sonne war warm wie im Sommer, wir hatten Ferien und eigentlich war alles perfekt.

Aber trotzdem konnte ich den Moment nicht richtig genießen. Denn kaum hatte ich die Alpen gesehen, musste ich auch schon an Paps denken und wie wir im letzten Sommer zusammen gewandert waren. Er hatte am Abend zuvor aus einer Pension in Frankfurt angerufen und gesagt, er wisse noch nicht, wie lange er bleiben würde. Ich hab mich nicht getraut zu fragen, was los ist. Paps war so kurz angebunden, als wäre es ein Ferngespräch aus Australien. »Grüß deine Mutter von mir … und macht euch keine Gedanken«, hatte er gesagt. Warum sagt jemand, dass man sich keine Gedanken machen soll? Gerade weil es eine Menge gibt, weswegen man sich Sorgen machen musste. Ich wusste bloß nicht genau, was.

Ich seufzte und sah hinüber zu Karo. Zu allem Überfluss lachte sie auch noch laut über die dämlichen Witze von Dennis eins und zwei. Sie schien sich prächtig zu amüsieren. Und, schwups, stieg mal wieder die Eifersucht in mir hoch. So wie sonst, wenn Emily in der Gegend rumflirtet und ich abgemeldet bin. Aber dann fiel mein Blick auf Mona, die eingeschnappt herumstand und sich zu langweilen schien, bloß weil sie mal nicht der Nabel der Welt war. Nee, so zickig wie Mona wollte ich nicht rumschmollen. Und als ich dann noch Emily sah, die sich krampfhaft bemühte, an der schwangeren Frau vorbeizugucken, die neben uns auf der Plattform stand, schaffte ich's, mich wieder einzukriegen.

»Wie wär's, wenn wir uns irgendwo ein gemütliches

Plätzchen suchen und erst mal picknicken?« Ich klopfte auf Emilys Rucksack, den ihre Mutter bestimmt mit Kuchen, Würstchen und Weckle vollgestopft hatte.

»Alles klar. Wozu schlepp ich den Kram durch die Gegend?«, antwortete Emily eine Spur zu munter.

Wir kletterten den Turm wieder hinunter und kurz darauf saßen wir auf einer Wiese und packten unsere Vorräte aus. Stöpsel hatte 'ne Flasche Rotwein mitgebracht, die die Runde machte, und Emily verteilte den selbst gebackenen Kuchen von ihrer Mutter. Sogar eine Tupperschüssel mit Schlagsahne hatte sie dabei und nach fünf Minuten waren wir über und über mit matschigem Kuchen und Sahne beschmiert. Dennis eins schüttelte seine Mineralwasserflasche und spritzte uns nass.

»Schampus, Leute! Wer will noch mal?«, brüllte er und wir stürzten uns auf ihn. Emily langte in die Sahneschüssel und klatschte Dennis einen großen Klacks auf die Brust und Stöpsel massierte ihm das Zeug in seine großartige Brustbehaarung. Wir lachten uns schlapp und lachten noch viel lauter, als ein paar Wanderer in affigen Kniebundhosen stehen blieben und kopfschüttelnd was von Ruhestörung und Essensverschwendung schimpften.

Später lagen wir in der Sonne und schauten in den blauen Himmel über uns. Die Luft war warm und roch nach Wald und Blumen und Erde und ein wenig auch schon nach Herbst.

»Wenn man sich vorstellt, dass es unten jetzt kalt und düster ist«, meinte Karo.

»Wenn man sich vorstellt, dass wir in einer Woche um diese Zeit über der Chemiearbeit hocken«, sagte Julia.

»Und wenn man sich erst mal vorstellt, dass …«, wollte Stöpsel noch eins obendrauf setzen.

Aber Emily schnellte hoch und hielt ihm den Mund zu. »Jetzt halt bloß die Klappe, Stöpsel.« Sie legte sich wieder auf den Rücken, verschränkte die Arme unter dem Kopf und seufzte. »Warum ist es denn bloß nicht immer so schön wie jetzt? Kann nicht mal irgendwer die Zeit anhalten, verdammt noch mal?«

Doch das Ende der Ferien rückte gnadenlos näher und die Zeit, die Karo noch in Freiburg bleiben würde, schrumpfte unaufhörlich.

An ihrem letzten Abend bei uns haben Mamm, Karo und ich eine Riesenpizza gemacht. Selbst Fritzi half mit und schnippelte Paprika. Nach dem Essen haben wir noch Mau-Mau gespielt. Aber so richtig waren wir nicht bei der Sache und nach einer Runde hatten alle außer Fritzi keine Lust mehr.

»Du wirst uns richtig fehlen, Karo«, meinte Mamm und sah auf einmal ganz sorgenvoll aus. Ich ahnte, was in ihr vorging. Sie würde nicht nur Karo vermissen, ihre Freundlichkeit und Hilfsbereitschaft. Nein, es gab noch einen anderen Grund: Solange Karo da war, fiel es nicht so auf, dass Paps weg war, weil es sowieso eine Ausnahmesituation war. Aber wenn wir erst mal alleine sein würden, Mamm, Fritzi und ich, dann würde es viel deutlicher werden, dass ein Teil der Familie fehlte.

»Du kannst doch Weihnachten wieder kommen, gell?« Fritzi sah Karo bettelnd an.

Aber Karo schüttelte den Kopf. »Nee, Weihnachten geht nicht. Da feiern meine Oma, meine Mutter und ich immer zusammen. Da kann ich sie nicht alleine lassen.«

Fritzi gab nicht so schnell auf. »Die kannst du doch alle mitbringen. Sie können in meinem Zimmer schlafen und ich schlaf in Mamis Arbeitszimmer auf dem Sofa.«

Karo lachte. »Meine Oma kriegst du mit Ach und Krach mal nach Husum, und weiter als Hamburg war sie in ihrem Leben noch nicht. Ich wette, die stirbt vor Schreck, wenn sie einen Hügel sieht, der höher als fünfzig Meter ist.«

»Du kannst ihr doch die Augen verbinden, bis sie hier im Wohnzimmer sitzt.« Fritzi kicherte und Mamm warf ihm einen mahnenden Blick zu.

»Nun bedräng doch Karo nicht so, Fritzi.«

»Und außerdem ist über Weihnachten bei uns Hochsaison. Da kann ich sowieso nicht weg von der Pension. Wer soll denn sonst den Gästen die Krümel vom Mund wischen?« Karo sagte das ziemlich locker dahin. Aber inzwischen kannte ich sie so gut, dass ich merkte, wie gequält ihr Grinsen eigentlich war.

Das hatte ich ja ganz vergessen: Ab nächster Woche würde für Karo nicht nur die Schule wieder losgehen, sondern zusätzlich noch der Stress mit der Arbeit in der Pension. Mann, hatte ich es gut dagegen. Außer Spülmaschine ausräumen und Tischdecken und mein Zimmer aufräumen brauchte ich mich um nichts zu kümmern.

Ich sah von Karo zu Mamm. Eigentlich war Mamm in der gleichen Situation. Entweder saß sie an ihrem Computer und arbeitete oder sie kümmerte sich um den Haushalt und um uns, ihre Pensionsgäste sozusagen. Und Weihnachten war sie auch immer besonders im Stress. Puh! Eigentlich hatte ich immer gedacht, dass es genial sein müsste, endlich erwachsen zu sein. Aber wenn ich mir das richtig überlegte, war das mit jeder Menge Arbeit verbunden. Wahrscheinlich durfte man dann alles, was man wollte, nur man hatte dann keine Zeit mehr dafür.

»So, Kinder, Schluss mit dem Trübsal. Ich würde sagen, ihr geht jetzt ins Bett, vor allem du, Fritzi. Karos Zug fährt schließlich schon um acht Uhr in der Früh und du willst sie doch auch zum Bahnhof bringen, oder?« Mamm stand auf. »Hast du schon gepackt, Karo?«

Karo nickte. Und Fritzi krähte los, dass wir dann doch noch eine Runde spielen könnten, und er wolle auch mal gewinnen, und er wäre sowieso noch nicht müde, und wenn Paps da wäre, dürfte er bestimmt noch aufbleiben.

Mamm nahm ihn unsanft bei den Schultern und schob ihn zur Treppe. »Hör auf mit dem Theater. Los, ab jetzt!« Fritzi schrie: »Aua!«, fing an zu heulen und stapfte, wütend vor sich hin schimpfend, die Treppe hoch.

Normalerweise müssen Mamm und ich immer lachen, wenn Fritzi seine abendliche Show abzieht. Aber Mamm sah plötzlich ziemlich müde aus. Und mir war auch überhaupt nicht nach Lachen zumute.

Eine Nacht würde Karo noch bei mir im Zimmer auf der Campingliege schlafen. Wir würden wahrscheinlich quatschen und quatschen und quatschen, bis wir vor Müdigkeit keinen Pieps mehr sagen konnten. Und in ein paar Stunden würden Mamm, Fritzi und ich dann auf dem Bahnsteig stehen und ihr hinterherwinken. So wie Paps und Mamm mir hinterhergewunken hatten, als die Klassenreise losging. Aber das war eine Ewigkeit her. Und wahrscheinlich würde es eine Ewigkeit dauern, bis ich Karo wiedersah.

Es dauerte keine Ewigkeit. Es lag nicht einmal eine Woche zwischen diesem Abend und dem Moment, als ich Karo wieder gegenüberstand. Ich sollte sie sogar eher wiedersehen als meinen Vater. Und das lag an Emily.

Die ersten Schultage nach Ende der Herbstferien hatte Emily noch so getan, als wäre alles in Ordnung. Sie war aufgedreht wie immer, und als ich mit ihr reden wollte, bügelte sie mich richtig ab. »Jetzt lass mich in Ruhe, Berrit. Es ist alles okay. Das spür ich einfach.«

Doch am Donnerstagabend sah plötzlich alles ganz anders aus. Von einem Moment zum anderen war ihr Kartenhaus zusammengekracht. So ist Emily. Man weiß nie genau, was sie in den nächsten fünf Minuten denken oder tun wird.

Sie stand vor der Sporthalle, als die lange Lolli und ich vom Volleyballtraining kamen. Sie hatte einen so merkwürdig grimmigen Gesichtsausdruck, dass Lolli sich verzog, ohne dass Emily irgendetwas zu sagen brauchte. Kaum war Lolli um die Ecke verschwunden, sprudelte Emily auch schon los. »Karo hat mir geschrieben, dass er wieder solo ist, und überhaupt sehe ich nicht ein, wieso ich mich mutterseelenallein damit rumquälen soll. Ich hab auch noch genug Geld für uns beide. Mit diesem Sparticket kostet es uns zu zweit kaum mehr als für einen. Also, was ist? Du kommst doch mit, oder?«

Ich wusste gar nicht, was los war, und fühlte mich einfach überrollt von Emily. Und außerdem idiotischerweise mal wieder übergangen. »Karo hat dir geschrieben? Mir noch nicht.«

Plötzlich blieb Emily stehen, riss mir meine Sporttasche von der Schulter und schleuderte sie zu Boden.

»Das ist doch wohl scheißegal, ob sie dir geschrieben hat oder nicht! Ich bin schwanger, verdammt noch mal. Und ich weiß nicht, was ich machen soll!«

Ich hob meine Tasche auf und traute mich kaum, Emily anzusehen. »Ich dachte, du bist dir sicher, dass es ein Irrtum war«, sagte ich leise.

»War es aber nicht.« Emily half mir, den Dreck von der Tasche abzuklopfen, und wir gingen weiter.

»'tschuldigung. Aber ich bin echt fertig mit der Welt. Gestern kam meine Kusine mit ihrem Mann und ihrem Baby, und du hättest mal sehen sollen, was meine Eltern für ein Getue um dieses Würstchen gemacht haben. Und Peter, der Mann von meiner Kusine, hat ständig mit dem Baby rumgeschmust und es behütelt und betütelt, und er war wahnsinnig stolz darauf, und es ist auch wirklich ein total niedliches Kind; du hättest mal diese winzigen Fingerchen sehen sollen ...« Emily schluckte und kämpfte mit den Tränen.

»Emily ...« Ich nahm ihre Hand und drückte sie. »Wenn ich dir helfen kann, tu ich es bestimmt.«

Emily schaute mich an. »Weißt du, Berrit. Ich denke halt, dass ich mit Frederik sprechen sollte. Er muss doch wissen, was passiert ist. Er hat doch gesagt, dass er mich liebt. Und jetzt hock ich da und soll alles alleine auslöffeln. So was ist doch nicht fair!«

»Aber du kannst doch nicht einfach mal eben nach Amrum fahren.«

»Ich würd mich ja viel eher trauen, wenn du mitkommst, Berrit.« Emily sah mich bittend an.

»Aber wir müssen doch zur Schule. Wann wolltest du denn los? Du kannst ihn doch auch anrufen.« Mir war gar nicht wohl in meiner Haut.

»Anrufen ist nicht dasselbe. Wenn wir morgen die letzten beiden Stunden sausen lassen, sind wir abends schon auf Amrum. Bitte, Berrit ...«

»Und deine Eltern?«

»Die sind für ein paar Tage nach Berlin gefahren. Zu 'ner Beerdigung.«

»Und wo wollen wir übernachten? Wir müssen doch ...«

Weiter kam ich nicht, denn Emily fiel mir um den Hals. »Ich wusste, dass du mich nicht hängen lässt. Du bist doch meine allerbeste Freundin ...«

Arm in Arm gingen wir weiter und ich wusste gar nicht genau, was ich alles gleichzeitig fühlen sollte. Ich war gerührt und voller Zuneigung für Emily, und ich fühlte mich überrumpelt und in die Ecke gedrängt, und außerdem wusste ich nicht, was ich Mamm sagen sollte, und ein wenig Angst hatte ich auch, einfach so mal eben bis ans andere Ende Deutschlands zu fahren.

»Wir können doch vielleicht in Karos Pension übernachten, meinst du nicht? Nee, die wird Augen machen.« Emily stieß mich voller Tatendrang in die Seite und auf einmal freute ich mich richtig.

»Klar, zur Not schlafen wir zu dritt in ihrem Zimmer. Mensch, du, morgen Abend sitzen wir vielleicht schon auf dem Deich und schauen aufs Meer.«

»Und übermorgen gehen wir in die Eisdiele in Wittdün und ich lad euch zu 'nem Eskimobecher ein.«

»Und vielleicht nehme ich Fritzis Drachen mit. Bei dem Wind zurzeit geht der bestimmt ab wie 'ne Rakete.«

»Und bis Hamburg können wir mit dem ICE fahren, das ist doch geil.«

»Und auf dem Schiff wird es bestimmt total schaukeln. Wie 'ne Achterbahn.«

»Und mir wird kotzübel werden ... Shit!« Plötzlich klang Emily ganz ängstlich. »Mir ist sowieso kotzübel seit ein paar Tagen. Jeden Morgen und manchmal auch beim Essen.«

Ich drückte ihren Arm fest an mich und ging einen Schritt schneller. »Ach Emily ... Vielleicht wird dir die Seeluft ja guttun ...«

Schwachsinn. Ich klang wie Mamm, wenn sie irgendwas sagte, nur um uns und sich zu beruhigen. Und ich wusste, dass das Schwachsinn war. Alles war Schwachsinn. Emilys Kopf-in-den-Sand-Stecken in der letzten Woche ... dieser Spontantrip nach Amrum ... diese ganze Schwangerschaft und Emilys dämliche Naivität, mit der sie da hineingeraten war ... und meine Unfähigkeit, mit ihr über alles zu reden.

3

Dagebüll, der kleine Fährhafen, die Möwen, die das Schiff umkreisten, kaum dass wir abgelegt hatten … War es wirklich erst zwei Monate her, dass wir mit dem Fruchtzwerg und der ganzen Klasse auf der Fähre herumgealbert hatten? Und jetzt standen Emily und ich hier an der gleichen Stelle, dick in Windjacken verpackt, schauten aufs Meer und machten uns jede Menge Gedanken.

Ich versuchte, mir Frederiks Reaktion vorzustellen, wenn Emily ihm von ihrer Schwangerschaft erzählen würde. Es war doch undenkbar, dass die beiden gemeinsam ein Kind großziehen, oder? Wäre es nicht viel besser, Emily würde eine Abtreibung machen und die Sache wäre damit erledigt? Warum hatte Emily ihren Eltern bloß immer noch nichts erzählt?

Und warum hatte ich Mamm nicht die Wahrheit gesagt, anstatt ihr was von einer Wanderung mit Emily zur Schluchsee-Jugendherberge vorzulügen? »Schön, dass ihr beiden was unternehmt. Ich glaube, Emily hat sich in den Ferien etwas vernachlässigt gefühlt«, hatte Mamm gemeint. Und ich kam mir richtig mies vor, weil sie so verständnisvoll war und ich sie dafür anlog. Ich musste an Paps denken, der so tat, als wäre er auf Geschäftsreise, obwohl es mittlerweile total klar war, dass er abgehauen war. Was für eine elendige Herumspinnerei!

»Hey, Berrit, guck mal, Amrum!« Emily lehnte sich aufgeregt über die Reling, als könnte sie dadurch mehr von der verschwommen im Dunst auftauchenden Insel erkennen. »Bin ich froh, wenn wir endlich von diesem schaukelnden Monster runterkommen.«

»Ob Karo uns wohl abholt? Meinst du, es fährt überhaupt noch ein Bus nach Nebel?« Ich war genauso nervös wie Emily und konnte es kaum erwarten, dass die Fähre endlich anlegte.

»Klar holt sie uns ab. Sie war doch ganz aus 'm Häuschen vor Freude, als wir sie angerufen haben«, meinte Emily mit ihrer gewohnten Zuversicht.

Als wir schließlich von Bord gingen, schüttete es wie aus Eimern. Eine Menge Leute in Anoraks und Öljacken standen am Anleger, aber in der Dämmerung konnten wir nicht erkennen, ob Karo dabei war. Nein, wahrscheinlich hatte sie es doch nicht geschafft zu kommen.

Doch als wir auf dem Weg zur Bushaltestelle waren, kam plötzlich ein knallgelbes Ölmännchen auf uns zugerannt und fuchtelte mit den Armen.

»Berrit, Emily! Da seid ihr ja! Gut, dass ihr noch nicht mit dem Bus weg seid. Der Wagen ist nicht angesprungen.« Wir fielen uns in die Arme. Ach, war es toll, Karo wiederzusehen!

»Meine Oma steht mit dem Auto dahinten. Wahrscheinlich müssen wir anschieben«, meinte Karo und zeigte in Richtung eines großen Parkplatzes.

Als wir triefend nass und die Kapuzen tief ins Gesicht gezogen bei dem alten Opel ankamen, war von Frau Jörgensen, Karos Großmutter, nicht viel zu erkennen. Sie hing mit dem Oberkörper im Motorraum und rüttelte an den Zündkabeln. Ihr abgeschabter Ledermantel war auf dem Rücken vom Regen ganz dunkel und glänzte wie ein Seehundfell, und ihre Haare, die so rot waren wie Karos, klebten ihr in Ringellöckchen am Kopf. Na, so hatte ich mir Karos bregenklöterige Oma nicht vorgestellt. Ich hatte mehr so eine klapperige, grauhaarige Frau erwartet, mit Knoten im Nacken und Schürze vor dem Bauch.

»Also gut, ich geb's auf. Dann müsst ihr drei Mädchen eben kräftig schieben.« Sie klappte die Motorhaube zu und wischte sich die Hände an den Beinen ihrer Hose ab. Dann gab sie Emily und mir die Hand. »So, ihr seid also die beiden Schwarzwaldmädchen. Na dann, herzlich willkommen. Ich hoffe, ihr seid nicht seekrank geworden bei dem Mistwetter.« Sie schaute Emily an und nahm ihr dann die Reisetasche von der Schulter. »Du bist ganz blass, mien Deern. Wollen wir erst mal einen heißen Tee trinken gehen, ehe wir nach Hause fahren?«

Emily schüttelte den Kopf. »Danke, es geht schon.«

Dann sah Frau Jörgensen von Karo zu mir und lächelte. »Da hat Frederik ja wohl doch nicht rumgesponnen. Du siehst unserer Kirsten ja wirklich sehr ähnlich ... Na, genug geklönt hier im Regen. Dann versucht mal, ob ihr den Wagen in Schwung kriegt.« Sie klemmte sich in ihrem unförmigen Ledermantel hinters Steuer, kurbelte das Fenster runter und rief: »Denn man to, aber kräftig!«

Ein paar Minuten später hockten wir zu viert im Auto und ruckelten und zuckelten Richtung Nebel. Emily, die neben mir auf der Rückbank saß, zupfte mich am Ärmel und flüsterte: »Die ist ja irgendwie schrill, die Frau. Findest du nicht auch? Und woher kennt die denn Frederik? Und wer ist diese Kirsten?«

Ich stieß sie in die Seite, damit sie ihre Klappe hielt. Aber es war schon zu spät. Karos Oma sah in den Rückspiegel.

»Was meinst du denn mit schrill, Deern?«

Emily lief knallrot an und Karo prustete los vor Lachen.

Frau Jörgensen ersparte Emily die Antwort. »Um deine Fragen zu beantworten: Frederik kannte ich schon, als er in die Windeln gepupst hat, schließlich ist Nebel ja nicht New York. Und wenn ihr euch erst mal in Ruhe ausgesprochen habt, dann werde ich ihm sicher auch noch mal die Ohren lang ziehen. Ob es mich was angeht oder nicht. Und zweitens: Diese Kirsten ist das Mädchen neben mir, die sich leider nicht abgewöhnen kann, ihren schönen Namen zu verhunzen.«

»Kirsten klingt wie Kiste. Da finde ich ›Karotte‹ noch besser«, meine Karo. Und dann sagte niemand mehr was, bis wir in Nebel ankamen. Aber Emilys Blicke, die sie in Karos Rücken bohrte, sprachen für sich.

»Mensch, sag bloß, du hast ihr das alles erzählt?!« Kaum hatten wir unsere Reisetaschen in dem kleinen Gästezimmer abgestellt, das Karo uns zeigte, als Emily auch schon hochging wie eine Rakete. »Ich wäre fast gestorben vor Peinlichkeit!«

»Wieso denn? Klar hab ich ihr erzählt, warum ihr hier seid. Das ist doch nicht schlimm.«

»Ach, Scheiße.« Emily ließ sich auf eins der Betten fallen, sodass sie in der aufgetürmten Federdecke versank.

Karo setzte sich neben sie. »Emily, sei mir nicht böse. Aber ich wollte ihr nichts vorspinnen. Und vielleicht kann sie dir ja auch irgendwie helfen.«

Emily richtete sich auf und funkelte Karo wütend an. »Wie denn? Indem sie Frederik die Ohren lang zieht?«

»Nee. Aber meinst du nicht, dass es richtig ist, mal mit jemand Erwachsenem darüber zu sprechen?«

»Ausgerechnet mit deiner Oma, oder was?«

»Meine Mutter war auch erst achtzehn, als sie schwanger wurde. Und sie sagt immer, wenn Oma nicht gewesen wäre, wäre sie nie im Leben klargekommen.«

»Das ist doch was anderes. Schließlich ist sie die Mutter von deiner Mutter.«

»Aber wenn du doch mit deiner eigenen Mutter nicht darüber reden willst …«, versuchte ich, Karo beizustehen.

»Was heißt hier ›nicht willst‹? Ich kann nicht. Ich kann's einfach nicht.« Emily sah plötzlich ganz verzweifelt aus und kämpfte mit den Tränen. »Ich weiß ja nicht mal, ob ich es hinkrieg, Frederik davon zu erzählen.«

Karo legte ihr den Arm um die Schultern und grinste. »Weißt du, was meine Oma jetzt sagen würde? Wenn man sich nicht geniert, vor jemandem die Plünnen auszuziehen, dann wird man sich ja wohl nicht in die Büx schieten, wenn man mit ihm reden soll.«

Karo machte den ulkigen Tonfall ihrer Oma so gut nach, dass Emily lächeln musste. »Die ist wirklich schrill drauf, deine Oma. Aber die Plünnen haben wir ja gar nicht ausgezogen. Jedenfalls nicht richtig. Dafür war es viel zu kalt in den Dünen.«

Karo klopfte Emily auf den Rücken, legte die Stirn in Falten und meinte: »Ach so, mien Deern, dascha dann ganz was anneres«, und nun musste Emily tatsächlich richtig lachen.

Ich setzte mich zu den beiden aufs Bett und fühlte mich plötzlich ziemlich erleichtert. Vielleicht war es ja doch keine Schwachsinnsidee gewesen, Hals über Kopf nach Amrum zu fahren.

Als wir schließlich unten in der Wohnküche saßen und uns an dem glänzenden grünen Kachelofen wärmten, wurde es geradezu gemütlich. Frau Jörgensen stellte uns einen Teller mit Broten und Keksen hin und Karo hatte einen großen Topf Kakao gemacht.

»Na, wenn deine Mutter morgen auch noch kommt, ist das Weiberhaus komplett«, meinte Karos Oma und schaute in die Runde. »Da wird sich wohl so schnell kein Mann zu uns ins Haus trauen. Hast du dich schon mit Freder verabredet, Emily?«

Emily schüttelte den Kopf. Ich konnte ihr an der Nasenspitze ansehen, wie unangenehm es ihr war, dass Karos Oma das Thema so einfach anschnitt.

»Weiß er denn überhaupt, dass du da bist?«

Wieder schüttelte Emily nur stumm ihre Locken.

Karos Oma nahm Emilys Hand und rieb sie. »Du bist ja ganz kalt, mien Deern. Und müde bist du sicherlich auch, nä? War ja auch ’ne lange Reise für euch zwei beide. Deinen Frederik kannst du ja auch morgen früh noch anrufen. Das ist hier ’ne Insel. Da läuft man nicht so schnell weg. Und untertauchen kann man trotz all dem vielen Wasser drum herum auch nicht so schnell wie in der Stadt.« Sie stand auf. »Ich bin auch ziemlich müde, obwohl wir ja ausnahmsweise mal keine Pensionsgäste haben. Schlaft gut, ihr drei.«

Sie gab Karo einen Kuss auf die Stirn, holte sich eine Flasche Eierlikör aus dem Regal, blinzelte uns zu und ging. Wir hörten ihre Schritte auf der laut knarrenden Diele.

»Schade, dass sie den Eierlikör mitgenommen hat«, meinte Emily.

»Ist das ihr abendlicher Schlummertrunk?« Ich sprach leise, damit uns Karos Oma nicht doch noch hörte.

»Nee. Sie trinkt da nichts von. Sie stellt sich die Flasche auf ihr Bettschränkchen, weil sie im Dunkeln so schön leuchtet«, meinte Karo mit unbeweglich ernster Miene, sodass ich nicht sicher war, ob sie uns verschaukelte. »Ich kann uns 'nen kleinen Schuss Rum in den Kakao kippen und dann werden wir ratzen wie die Bären.«

Und das taten wir dann zehn Minuten später auch tatsächlich. Nicht mal mehr das Meeresrauschen, auf das ich mich so gefreut hatte, hörte ich noch, so schnell und tief war ich eingeschlafen.

Am nächsten Morgen waren Karo, Emily und ich unterwegs zum Haus von Frederiks Familie, das am anderen Ende des Ortes lag. Ich hatte Fritzis bunt gestreiften Drachen unter den linken Arm geklemmt und am rechten hing Emily, die sich geradezu schleppen ließ. Kurz vor dem dunkelroten Backsteinhaus hielten wir an.

»Okay, geh mal lieber allein weiter, Emily. Wenn Frederik uns hier zu dritt aufkreuzen sieht, haut er wahrscheinlich gleich ab. Zumal er mich sowieso nicht ausstehen kann«, meinte Karo.

Ich versuchte, so was wie einen Scherz hinzukriegen: »Und wenn er auch noch findet, dass ich genauso aussehe wie Karo, erschrickt er sich gleich doppelt.«

Aber Emily sah mich nur genervt an und ließ meinen Arm los. »Nimm dich bloß nicht so wichtig, Berrit. Als wenn es hier darum geht, wie *du* aussiehst«, fuhr sie mich an.

Plötzlich war alles Mitleid, das ich eben noch für Emily empfunden hatte, wie weggeblasen. Warum brachte sie es selbst in so einem Moment fertig, mir eins reinzuwürgen? Und warum konnte ich nicht einfach darüber hinwegsehen? Ich wusste ja, dass Emily im Grunde nur ein Ventil brauchte, weil sie so unter Druck stand.

Eine Sekunde standen wir drei wortlos da. Dann legte Karo mir die Hand auf den Rücken und gab Emily einen leichten Stoß zwischen die Rippen. »Komm, Emily. Reg dich wieder ab. Berrit kann doch nun wirklich nichts für den ganzen Schlamassel. Also, wir sind dahinten am Deich, wenn du uns brauchst.«

Emily grinste mich schuldbewusst an und seufzte. »Na gut, ich geh dann mal. Hat jemand zufällig ein Riechfläschchen dabei, falls Frederik in Ohnmacht fällt?« Und dann stapfte sie, ohne sich noch mal umzudrehen, auf das Backsteinhaus zu.

Karo und ich gingen in die entgegengesetzte Richtung.

»Puh, ich möchte nicht in ihrer Haut stecken«, meinte Karo, als wir die Böschung des Deichs hinaufstiegen.

»Was meinst du, wie Frederik reagieren wird?«, fragte ich sie.

Karo zuckte mit den Schultern. »Keine Ahnung. Ich finde, er ist ein eingebildeter Schnösel. Aber ob er ein Arsch ist, weiß ich nicht genau.« Karos Gesicht verfinsterte sich und sie sah zu Boden. »Aber mein Vater war ja wohl auch nicht wirklich ein Idiot und trotzdem hat er sich verpisst.«

Es war das erste Mal, dass Karo etwas von ihrem Vater erzählte. Ich sah sie nur kurz von der Seite an.

»Meine Mutter verteidigt ihn immer, wenn ich sage, dass er sich einfach aus dem Staub gemacht hat.«

»Wie alt warst du denn da?«

»Ich? Ich war noch gar nicht geboren. Meine Mutter hat meinen Vater nur zweimal gesehen. Das erste Mal bei meiner Zeugung sozusagen und das zweite Mal kurz nach meiner Geburt.«

»Auweia.« Was anderes fiel mir nicht ein.

»Weißt du, sie sagt, es war einfach nur eine kurze Affäre und sie kannten sich eigentlich kaum. Sie wollte überhaupt nicht, dass er irgendetwas mit ihr und ihrem Baby zu tun hat. Sie hatte keine Lust, ihn wiederzusehen.« Karo blieb stehen und setzte sich auf den von kurzem stoppeligen Gras bedeckten Boden. Sie schaute aufs Meer. »Sie wollte auch nicht, dass er Alimente bezahlt. Er hat ihr wohl, als sie sich das zweite Mal getroffen haben, einen Haufen Kohle gegeben, als Abfindung sozusagen, und das war's dann.«

Ich hockte mich neben Karo und starrte auch auf das graue Meer, über dem ein nebliger Dunst lag. Karo schlang die Arme um die Knie und stützte den Kopf auf.

»Ich versteh meine Mutter ja irgendwie. Sie wollte nicht von ihm abhängig sein oder so was. Aber er ... Er hat einfach ein Kind in die Welt gesetzt, ein paar Tausender abgedrückt und sich dann einen Dreck darum gekümmert. Ich hab ihn überhaupt nicht interessiert.« Karos Stimme schwankte zwischen Wut und Traurigkeit, und ich hätte ihr so gerne irgendetwas Tröstliches gesagt.

»Das weißt du doch gar nicht, Karo. Wenn deine Mutter es so gewollt hat ...«

Karo riss ein paar Grashalme aus dem Boden und zerpflückte sie. »Das sagt sie ja auch immer, wenn ich sie mal danach frage. Aber ... Ich meine, sie war doch kaum älter als wir jetzt. Und guck dir doch mal Emily an. Die weiß doch überhaupt nicht, was sie will. Wenn Frederik sagt, eine Abtreibung ist das einzig Richtige, dann denkt sie das wahrscheinlich auch. Und wenn er ihr um den Hals fällt und sie auf der Stelle heiraten will, dann macht sie das womöglich. Sie ist doch völlig durch den Wind.«

»Nimmst du es deiner Mutter übel, dass sie keinen Kontakt mehr zu deinem Vater haben wollte?«

»Nee ... Ja ... Ich weiß nicht. Ich glaube, es war schon richtig so. Wir sind ja auch gut miteinander klargekommen, meine Mutter, meine Oma und ich. Aber was ich fies finde, ist, dass ich überhaupt nichts von ihm weiß.«

»Hat sie dir denn gar nichts erzählt?«

»Doch. Dass sie sich hier auf irgendeiner Party kennengelernt haben und dass er ein ganz netter Typ gewesen ist, soweit man das in einer Nacht beurteilen kann.«

»Aber warum ist sie dann nicht mit ihm zusammengeblieben?«

»Na ja, am nächsten Tag ist er wieder zurück nach Hamburg gefahren. Sie waren ja wohl auch nicht richtig verliebt ineinander und er hatte 'ne feste Freundin. Wie das eben so läuft ... Und als sie Wochen später gemerkt hat, dass sie schwanger ist, hatte sie nicht mal seine Adresse und hat auch nichts dafür getan, sie rauszukriegen.«

»Aber wieso denn nicht?«

»Sie sagt, sie wollte sich einfach nicht an irgendeinen Typen binden, den sie kaum kannte. Das heißt, sie wollte sich an überhaupt niemanden binden. Sie wollte mich abtreiben und das wär's dann gewesen.«

Karo schluckte. »Und dann hat sie es sich anders überlegt und meine Oma hat gesagt, dass sie sich um mich kümmern würde, sodass meine Mutter ihre Ausbildung zu Ende machen kann. Meine Oma hat sie dann dazu gebracht, die Telefonnummer von seiner Wohngemeinschaft rauszukriegen, damit er wenigstens davon erfährt. Und dann haben sie sich nur noch einmal getroffen, als ich ein paar Wochen alt war.« Karo klang bitter und ihre Augenbrauen zogen sich zu einem dunklen Strich zusammen.

Ich legte ihr den Arm um die Schultern. Was das wohl für ein Gefühl war, zu wissen, dass man um ein Haar abgetrieben worden wäre? Und dass die eigenen Eltern sich kaum gekannt hatten, sondern sich bloß mal kurz auf ’ner Party begegnet waren.

Eine Minute lang sagten wir beide nichts, dann richtete sich Karo auf und versuchte ein selbstbewusstes Grinsen. »Tja, so war das. Ich hab’s noch nie jemandem erzählt. Und wenn jetzt nicht die Geschichte mit Emily und Frederik passiert wäre, hätte ich’s wahrscheinlich auch für mich behalten. Weißt du, ich hab meine Mutter ja sehr gerne und wir verstehen uns total gut und können uns alles erzählen und so. Und alles andere ist ja eigentlich auch egal, wo es schon so lange zurückliegt …«

Für Karo schien das Gespräch zu Ende zu sein. Sie griff nach dem Drachen, der hinter unseren Rücken im Windschatten lag. Aber ich konnte mich noch nicht von ihrer Geschichte, die so ganz anders war als meine, frei machen.

»Weißt du wenigstens, wie er heißt und wo er wohnt?«

»Er heißt Wilfried. Wilfried Müller. Vielleicht wohnt er noch in Hamburg, ich weiß es nicht. Im Telefonbuch stehen mehrere mit dem Namen.«

»Wilfried, wie mein Vater. Und wir haben auch mal in Hamburg gewohnt. Komisch, oder? Nur, dass wir nicht Müller heißen, sondern Mahler.« Ich sah Karo an. Und Karo sah mich an. Langsam ließ ich den Arm von ihrer Schulter gleiten und rückte ein Stück von ihr ab. Ich schaute in Karos blasses, schmales Gesicht mit dem zu großen Mund und den dichten, fast struppigen Augenbrauen. Augenbrauen, die mich an mir immer gestört haben, weil sie eher zu dem Gesicht eines Jungen passten. Zu Fritzis und zu dem meines Vaters.

Der bunt gestreifte Drachen flatterte ziellos am Rande des Deichs über den Boden und scheuchte die Schafe auf. Wir hatten ihn vergessen, als wir losgerannt waren. Wir hatten auch Emily vergessen, die uns vielleicht inzwischen suchte. Ohne ein Ziel und ohne uns anzusehen, gingen wir den Deich entlang. Die Wolkendecke hatte sich verschoben, sodass das Meer plötzlich blau in der Sonne aufblitzte.

»Deswegen wollte er nicht, dass ich nach Amrum fahre und dazu noch nach Nebel!«

»Und deswegen war er so entsetzt, als er mich gesehen hat. Ich hab die gleichen roten Haare wie meine Mutter.«

»Und als du dann noch gesagt hast, dass du gar nicht Jörgensen heißt, sondern Weber, da hat er es endgültig kapiert.«

»Aber ... Vielleicht bilden wir uns die Sache bloß ein, Berrit ... Ihr heißt doch nun mal nicht Müller.« Karos Stimme klang unsicher. Es schien fast, als ob sie sich wünschte, dass alles nur ein Zufall war.

»Du heißt ja auch nicht Jörgensen, obwohl deine Oma so heißt.«

»Das ist doch etwas anderes. Das ist der Name von ihrem zweiten Mann gewesen. Aber Männer behalten doch ihren Namen, auch wenn sie heiraten. Jedenfalls war das früher so.«

»Ja, dann weiß ich auch nicht …« Ich zuckte mit den Schultern. Nichts wusste ich. Nicht, was ich denken sollte, und auch nicht, was ich wirklich fühlte. War es nicht eine großartige Vorstellung, dass Karo vielleicht meine Schwester war? Aber was bedeutete das? Was würde jetzt passieren? Was war mit Mamm und Paps, mit Fritzi und mir? Wir waren doch eine Familie – so, wie wir waren.

Karo nahm mich beim Arm und blieb stehen. Sie war ganz außer Atem. »Komm. Lass uns zurückgehen. Wir müssen meine Mutter fragen. Wahrscheinlich ist sie inzwischen zu Hause.«

Ich zögerte. »Aber … aber ich denke, sie weiß eigentlich auch gar nichts weiter über deinen Vater …«

»Sie muss doch irgendetwas wissen, verdammt noch mal. Man kann doch nicht einfach ein Kind von jemandem haben, den man überhaupt nicht kennt! Das ist doch total bescheuert!« Karo hatte Tränen in den Augen und zitterte.

Ich legte ihr den Arm um die Schultern und wir drehten um.

Eine Weile gingen wir wortlos den Deich entlang auf die reetgedeckten Häuser von Nebel zu, bis wir plötzlich zwei Menschen erkannten, die uns entgegenkamen.

»Emily und Frederik«, sagten wir gleichzeitig. Mein Herz, das sich gerade ein wenig beruhigt hatte, fing an zu klopfen. Emily! Die hatte ich ja ganz vergessen. Wie es ihr jetzt wohl ging? Was Frederik wohl gesagt hatte?

Als die beiden näher kamen, sah ich, dass Emily geweint hatte und dass Frederik blass war wie ein Schneemann. Seine Haare waren nicht mehr so blond wie im Sommer und kürzer geschnitten, und er sah ein ganzes Stück älter aus als damals am Strand. Aber vielleicht lag es auch daran, dass ich ihn zum ersten Mal ohne sein selbstbewusstes Grinsen sah. Er schaute uns düster und irgendwie trotzig an, als Emily und er vor uns stehen blieben.

»Hallo … Also … Seid ihr gerade auf dem Rückweg? Wir gehen noch ein Stück …«, meinte Emily verlegen.

Frederik sagte nur »Hallo« und vergrub die Fäuste in den Taschen seiner fellgefütterten Lederjacke.

»Ja, wir wollen mal zurück. Wird ziemlich kalt allmählich. Also dann … bis später. Mach's gut.« Ich versuchte, Emily einen aufmunternden Blick zuzuwerfen, aber sie sah zu Boden und zertrat mit der Stiefelspitze einen getrockneten Schafsköttel.

Karo schaute von Emily zu Frederik und musterte ihn, als könnte sie herausfinden, was sich hinter seiner verschlossenen Miene verbarg.

Plötzlich explodierte Frederik. »Was guckst du mich so an, als hättest du ein Gespenst gesehen?« Dann warf er mir einen wütenden Blick zu. »Und du, du brauchst nicht so zu tun, als wäre Emily das arme Opferlamm. Ich hab sie schließlich nicht vergewaltigt! – Ach, Scheiße!« Er fuhr sich mit den Fingern durch die Haare, seufzte tief und berührte Emily dann fast vorsichtig am Arm. »Komm, lass uns weitergehen. Ich …« Er brach ab und sah auf einmal ziemlich hilflos aus.

»Ja, also dann, bis später«, meine Emily und so nickten

wir uns nur noch zu und gingen in entgegengesetzte Richtungen.

Wir waren noch keine fünfzig Meter gegangen und ich versuchte noch, das eben Erlebte auf die Reihe zu kriegen, als Karo nach meinem Arm griff. »Da!«

Ich schaute sie an. Jetzt sah sie wirklich aus, als hätte sie ein Gespenst gesehen. Sie zeigte in Richtung auf den schmalen Streifen Strand, von dem sich das Wasser allmählich zurückzog, weil die Ebbe begann.

»Fritzis Drachen!« Er dümpelte im flachen Meer vor sich hin und sein bunter, langer Schwanz hatte sich in Tang verfangen. Ich wollte loslaufen.

Aber Karo hielt mich zurück. »Dahinten! Siehst du sie denn nicht?! Das ist meine Mutter! Und das neben ihr, das ist dein Vater! Guck doch hin, Berrit!«

Es gibt Momente, da hat man für einen winzigen Augenblick das Gefühl, genau diese Situation schon mal erlebt zu haben. Obwohl es ganz und gar und überhaupt nicht sein kann. Und komischerweise weiß man auch genau, was in der nächsten Zehntelsekunde passieren wird.

Als ich mit Karo an diesem Herbsttag dort auf dem Deich stand und sie meinen Arm packte ... als ich kurz den Kopf wendete, um Emily und Frederik Richtung Wittdün gehen zu sehen, und dann in der anderen Richtung meinen Vater neben einer schlanken Frau mit leuchtend roten Haaren sah ... als über uns eine Möwe hinwegflog und hämisch auflachte, da wusste ich, dass ich mitten hinein in dieses Möwengekrächze »Papa!« schreien würde, noch ehe ich den Mund aufgemacht hatte. Und ich wusste auch, dass er weitergehen würde, ohne sich umzudrehen.

»Sie können uns auf diese Entfernung nicht hören, Berrit. Der Wind kommt von vorne.« Karo ließ meinen Arm los.

Ich rannte hinunter zum Strand und wollte hinter meinem Vater herlaufen. Nach ein paar Metern hatte Karo mich eingeholt.

»Warte doch, Berrit! Warte doch mal!«

Ich blieb stehen und sah, wie mein Vater in seinem hellen Trenchcoat neben der rothaarigen Frau herging und wie sich ihre Arme manchmal beim Gehen berührten und wie sie kleiner und kleiner wurden. Und genauso wie an diesem ersten nebligen Ferientag in Freiburg, als Mamm mir morgens in der Küche erzählt hatte, dass Paps für ein paar Tage fort wäre, hatte ich plötzlich das Gefühl, dass er nicht zurückkommen würde.

Ich hatte auf einmal Angst, ihm zu begegnen. »Berrit, du bist ja alt genug, um das zu begreifen«, hörte ich ihn mit seiner Anwaltsstimme sagen. »Ich werde euch verlassen. Ich liebe diese Frau. Ich habe sie immer geliebt. Das Reihenhaus könnt ihr behalten. Ich werde nach Amrum ziehen und eine Pension aufmachen.«

»Kri, kri, kri!« Die Möwe drehte noch eine Ehrenrunde über unseren Köpfen. Ich ließ mich in den feuchten Sand fallen. »Ich glaube, ich dreh gleich durch.«

»Ich glaube, ich auch«, sagte Karo und kniete sich ein paar Meter neben mich. Sie nahm einen Stock, den die Flut zurückgelassen hatte, und schlug damit auf den Boden, dass der Sand aufspritzte. Dann fing sie an, Kreise zu malen. Eine Weile schwiegen wir beide, doch schließlich nahm Karo eine Muschel und warf sie nach mir. »Hey! Ich wollte schon immer ’ne kleine Schwester haben … Du bist doch schließlich über einen Monat jünger als ich.«

Ich richtete mich auf und sah zu ihr hinüber. Ihre roten Haare, die so viel schöner waren als meine dunkelblonden Zippeln, leuchteten in der Sonne. Ich grinste. »Hallo, große Schwester. Wie geht’s?«

»Danke. Eigentlich ganz gut. Und dir?«

»Mir auch. Obwohl ich ’nen feuchten Hintern habe von eurem tollen Sandstrand.«

Wir standen auf. Ich klopfte mir den klebrigen, dunklen Sand von der Jeans und wir gingen ein Stück dem Wasser hinterher, das sich immer mehr zurückzog.

»Guck mal, Berrit. Fritzis Drachen. Wenn wir mit dem Stock nach ihm angeln, erwischen wir ihn vielleicht noch, bevor er hinaustreibt.« Karo zog sich die Turnschuhe aus, krempelte ihre Hose hoch und schon stand sie bis zu den Knien im Wasser. »Brrr. Ist das kalt. Nimm dir doch den Ast, der dahinten liegt. Wenn wir zu zweit kräftig ziehen, kriegen wir ihn bestimmt an Land geholt.«

Und für die nächsten Minuten, während wir gemeinsam nach Fritzis Drachen fischten, vergaß ich den ganzen Stress mit meinem Vater und Karos Mutter, mit Emily und Frederik und all den Fragen, die mir auf der Seele lagen.

Als wir den Drachen schließlich an Land hatten und alle Schnüre entwirrt waren, ließen wir ihn steigen. Er war nicht ganz so groß wie der gute alte Jakob, aber er ging ab wie eine Möwe im Sturzflug. Natürlich musste ich an den Tag denken, als ich Karo kennengelernt hatte. Es gibt keine Zufälle, sagt Mamm immer, und in diesem Fall hatte sie wirklich recht.

Wenn Paps nicht hier auf Amrum eine Tochter in die Welt gesetzt hätte, die mir ähnlich sieht, hätten Emily und ich uns nicht in die Haare gekriegt. Und wenn Emily sich mir gegenüber nicht so fies verhalten hätte, wäre ich nicht alleine im Watt herumgerannt. Und wenn ich mich nicht im Watt verlaufen hätte, hätten Karo und ich uns nicht kennengelernt. Und wenn wir uns nicht kennengelernt hätten, wäre Karo nicht nach Freiburg gekommen. Und wenn Karo uns nicht besucht hätte, wäre mein Vater nicht plötzlich davongerannt.

Irgendwie hing alles zusammen, auch die Geschichte mit Emily und Frederik. Wenn Emily und ich uns nicht gestritten hätten, wäre sie bestimmt nicht ständig mit diesem Typen zusammen gewesen. Und dann wäre sie vielleicht auch nicht schwanger geworden. Und wenn sie nicht schwanger geworden wäre, hätten wir keinen Grund gehabt, nach Amrum zu fahren, und Karo hätte mir auch nichts von ihrem Vater erzählt und wir hätten nichts herausgefunden, gar nichts, vielleicht unser Leben lang nicht.

Während der Drachen höher und höher stieg, kreiselten in meinem Kopf die Gedanken nur so umeinander, sodass mir ganz schwindlig wurde. Diese ganze Kette von Zusammenhängen endete eigentlich nur in einem: Wenn Paps und Karos Mutter damals nicht miteinander geschlafen hätten, hätten Karo und ich nicht rausgefunden, dass wir Schwestern sind. Aber das war ja eigentlich ein überflüssiger Satz, weil er sich ja irgendwie selbst in den Schwanz biss.

Es wurde schon dunkel, als Karo und ich schließlich zur Pension zurückgingen und mit klopfendem Herzen die Wohnküche betraten. Außer Karos Oma war niemand zu sehen. Sie saß am Tisch und schälte Kartoffeln. Sie warf uns einen kurzen prüfenden Blick zu und beugte sich dann wieder über ihre Emailschüssel.

»Na, Kinder. Ihr wart aber lange unterwegs. Emily ist schon vor zwei Stunden zurückgekommen. Sie hat sich gleich hingelegt. War wohl alles ’n büschen anstrengend für sie.«

»Und Mama?« Karos Stimme klang fast ängstlich.

»Wir haben vorhin zusammen Kaffee getrunken und jetzt ist sie noch mal spazieren gegangen – mit eurem Vater.« Frau Jörgensen schaute von ihren Kartoffeln hoch und lächelte uns an. Sie wusste also schon alles. Und sie schien auch zu wissen, dass Karo und ich rausgefunden hatten, dass wir Schwestern waren. Wahrscheinlich konnte ihr wirklich niemand irgendetwas vormachen. Sie würde wohl auch Fritzi an der Nasenspitze ansehen, dass er manchmal vor Wut in die Puddingschüssel gespuckt hat, was niemand außer mir mitbekommen hat. Ich habe ihn nicht verpetzt und Mamm und Paps haben sich gewundert, weil ich nichts von dem Pudding gegessen habe.

»Setzt euch doch. Wenn ihr wollt, könnt ihr mir beim

Kartoffelschälen helfen. Oder wollt ihr schon mal den Nachtisch vorbereiten? Du magst doch Pudding, Berrit, oder?«

Ich sah sie fassungslos an. Sie konnte doch wohl nicht etwa Gedanken lesen? An diesem Tag würde mich überhaupt nichts mehr wundern.

Karo holte noch zwei Schälmesser und wir setzten uns zu Frau Jörgensen an den Tisch.

»Is' gut, die Finger zu beschäftigen, wenn man die Gedanken und Gefühle nicht so richtig auf die Reihe kriegt.« Karos Oma nickte uns aufmunternd zu. »Ich war auch ordentlich von den Puschen, dass unsere Kirsten auf einmal eine Schwester hat und dass ihr Vater nach sechzehn Jahren hier plötzlich vor der Tür steht. Er ist heute Morgen mit der Fähre gekommen und hat sich noch stundenlang auf der Insel rumgedrückt, bis er sich getraut hat zu klingeln.«

»Und Mama?«, fragte Karo wieder.

»Tja, die hat auch 'ne Weile gebraucht zu verstehen, was los ist. Sie hat euren Vater erst gar nicht erkannt. Und als sie dann begriffen hat, dass er auch noch mit seiner halben Familie hier aufgetaucht ist ...«

»Wieso? Paps wusste doch gar nicht, dass ich auch hier bin«, unterbrach ich Karos Oma.

»Nein, aber er hat von dir erzählt. Schließlich ist er ja deshalb nach Amrum gekommen, weil ihre beide euch angefreundet habt. Und weil er gemerkt hat, dass er nicht länger so tun kann, als hätte er nur eine Tochter ... Und da hab ich ihm natürlich gesagt, dass du seit gestern zusammen mit Emily hier bei uns bist.«

»Und was hat er gesagt?«

»Erst hat er geglaubt, ich will ihn verschaukeln. Und dann saß er da und machte ein Gesicht, als hätte sich die ganze Welt gegen ihn verschworen. Er war sich sicher, dass ihr beiden Mädchen schon alles herausgefunden habt und dass Berrit deshalb nach Amrum gekommen ist. Ich hab ihm ja nichts von Emilys Schwangerschaft und ihrer Aussprache mit Frederik erzählt – das ist schließlich ihre Geschichte.«

Ich ließ das Kartoffelschälmesser sinken und sah Frau Jörgensen an. »Und war er sauer?«

Karos Oma nahm meine Hand. »Weil du Hals über Kopf nach Amrum gefahren bist? Oder weil er gedacht hat, ihr spioniert ihm hinterher? Ich glaube, für 'ne Minute war er tatsächlich drauf und dran, dir 'ne Standpauke zu halten, wenn du gerade zur Tür reingekommen wärst. Aber er ist schließlich nicht auf den Kopf gefallen, euer Vater. Er hat ziemlich schnell kapiert, dass er im Moment nicht in der besten Position für 'ne Standpauke ist. Höchstens, um selber eine zu bekommen.«

Frau Jörgensen stand auf, nahm die geschälten Kartoffeln und wusch sie im Spülbecken.

»Meint ihr, das sind genug Kartoffeln? Wie viele Leute sind wir denn eigentlich zum Essen?«

Sie zählte an den Fingern ab. »Emily, Berrit, Kirsten, Vera, Wilfried. Und ich. Sechs. Na, ich hoffe, dass ihr überhaupt Appetit habt, nach all der Aufregung. Gib mir doch mal den Schnellkochtopf rüber, Kirsten.«

Karo stand auf, um ihrer Oma zu helfen. Ich blieb am Küchentisch sitzen und drückte den Rücken gegen den heißen Kachelofen. Ich konnte den Blick nicht von Frau Jörgensens ruhigem Gesicht lösen. Wie sie unsere Namen aufgezählt hatte, auch die von Paps und Karos Mutter, das hatte total selbstverständlich geklungen. Als wären wir alle eine große Familie, die zusammengehört. Oder als wären wir ein Haufen Kinder, die ein anständiges Abendessen bekommen sollen, obwohl sie ziemlich viel Mist gebaut haben.

Hier in der warmen, gemütlichen Küche schien sich auf einmal das ganze Chaos zu lösen. Warum konnten wir nicht einfach alle hierbleiben? Karo, Emily und ich, wir würden tagsüber in der Pension helfen und abends Drachen steigen lassen oder nach Wittdün in die Disco gehen. Emily würde ihr Kind bekommen, das Oma Jörgensen mit Kakao und Haferflocken und frischen Heringen großpäppeln würde. Und Paps könnte Fahrräder verleihen, und wenn er abends nicht rechtzeitig zum Essen kam, weil er noch ein paar Überstunden einlegte, würde Oma Jörgensen ihm die Ohren lang ziehen. Ja, und Mamm und Fritzi … die würden natürlich auch nach Amrum kommen. Mamm wäre bestimmt froh darüber, wieder im Norden zu leben, und Fritzi würde endlich das Meer kennenlernen. Und wir könnten alle zusammen in einem großen Haus wohnen, von dem aus man das Meer rauschen hören könnte.

»Rutsch mal ein Stückchen, mien Deern. Wir wollen den Tisch decken. Bist du schon weggedöst?« Karos Oma fasste mich sanft um die Schultern und ich schreckte hoch. Ich rieb mir die Augen.

»Ich habe gerade geträumt, wir würden alle hier auf der Insel bleiben, für immer.«

Karos Oma stellte die Teller auf den Tisch. »Tja … Wenn man gleichzeitig in zwei Welten leben könnte, dann hätte ich nicht nur diese Pension hier, sondern wäre auch noch Leuchtturmwärterin auf Helgoland.«

Karo rutschte neben mich auf die Ofenbank. Sie rieb ihren Rücken an den warmen Kacheln wie eine Katze. »Als ich bei euch in Freiburg war, hab ich auch manchmal gedacht, wie schön es wäre, wenn ich bei euch bleiben könnte. Bei dir und Fritzi und bei deiner Mutter.« Karo sah ihre Oma an. »Meinst du nicht, dass wir alle zusammenwohnen könnten? Mama und Berrits Mutter würden sich bestimmt prima verstehen.«

»Ach, Kinder.« Frau Jörgensen strubbelte uns beiden durch die Haare. »So, das Essen ist in zehn Minuten fertig. Ich hoffe, dass die beiden da draußen sich nicht sämtliche Ereignisse der letzten Jahrzehnte erzählen. Sonst klebt mir das Labskaus im Topf fest. Geht doch schon mal hoch und weckt Emily.«

»Mensch, Emily! Hat die das eigentlich mitgekriegt, dass Berrits Vater hier ist und dass er auch mein Vater ist?«, fragte Karo.

Frau Jörgensen schüttelte ihre roten Kringellöckchen und Karo und ich standen auf. Aber gerade als wir zur Küche raussausen wollten, hörten wir Emily die Treppe runterkommen. Und wir hörten, wie die Haustür klappte. Paps und Karos Mutter waren zurück von ihrem Spaziergang.

Karo und ich blieben mit angehaltenem Atem an der

Küchentür stehen. Ich hatte Angst vor der Begegnung mit meinem Vater. Ich hatte Angst, dass er mir plötzlich fremd sein könnte. Ich hatte Angst, dass er schuldbewusst dastehen könnte, mit gesenktem Blick und den Händen in den Hosentaschen, so wie Frederik vorhin. Und merkwürdigerweise fühlte ich mich so, als wäre ich schuld an dieser ganzen verworrenen Situation. Mein Herz klopfte wie früher, wenn ich heimlich in Paps' Schreibtisch rumgewühlt hatte und dann mit schlechtem Gewissen hörte, wie er die Treppe hochkam.

Ich sah Karo an. Sie biss sich auf die Unterlippe und ihre dunklen Augenbrauen zogen sich zusammen. Sie drehte sich zu ihrer Oma und sah sie hilflos an. »Wie soll ich ihn denn anreden? Soll ich ›Herr Mahler‹ sagen oder ›Vater‹ oder was?«

Noch ehe Frau Jörgensen antworten konnte, wurden draußen im Flur Stimmen laut.

»Ach, du Elend, Herr Mahler!« Emilys Stimme überschlug sich vor Schreck. »Wo kommen Sie denn auf einmal her?«

»Hallo, Emily.« Mein Vater klang verlegen.

»Wir wollten morgen wieder zurückfahren, ganz bestimmt. Hat Berrit etwa gepetzt? Sagen Sie bloß, meine Eltern haben Sie geschickt?«

Ich musste grinsen, obwohl mir eigentlich nicht zum Lachen zumute war. Die arme Emily! Da glaubte sie nun auch noch zu allem Überfluss, von meinem Vater, dem Anwalt, bis nach Amrum verfolgt worden zu sein.

»Lasst mich mal durch, ihr zwei.« Karos Oma schob

uns zur Seite und öffnete die Küchentür. »So! Nun kommt mal endlich alle rein in die Stube. Das Essen ist fertig! Oder hat hier irgendjemand Lust auf angebranntes Labskaus?«

Das war das merkwürdigste Abendessen, das ich je erlebt habe. Nicht nur, weil es diesen Kartoffelbrei mit Rollmops und Rote Beete gab. Das schmeckte eigentlich ganz gut, glaube ich. Aber ich hab nicht viel runterbekommen und hauptsächlich mit dem Brei auf meinem Teller einen Berg gebaut, von dem ich den Rollmops in die Rote Beete rollen ließ. Normalerweise hätte mein Vater streng geguckt und »Jetzt spiel nicht mit dem Essen, Berrit« gesagt. Aber er hat mir gegenübergesessen und selbst nur in seinem Labskaus rumgestochert.

Neben ihm saß Karos Mutter, die mit ihren wunderschönen langen roten Haaren und den Sommersprossen eher wie eine Schwester von Karo aussah. Sie lächelte mir zu und ich dachte an Mamm und wusste nicht genau, ob das nun Verrat an ihr war, wenn ich zu Karos Mutter freundlich war.

»So, nun esst man ordentlich. Labskaus rutscht immer, das braucht man ja nicht mal zu kauen. Probleme könnt ihr auch noch nach dem Essen wälzen«, meinte Karos Oma und schaute aufmunternd in die Runde. Sie hätte es wohl gerne gesehen, wenn wir anstandslos alles aufgegessen hätten, anstatt zu reden, aber da hatte sie nicht mit Emily gerechnet.

Emily, die neben mir saß, beugte sich zu mir rüber und flüsterte mir ins Ohr: »Du hast gepetzt! Das ist 'ne

Sauerei!«, und das konnte ich natürlich nicht auf mir sitzen lassen.

»Ich hab kein Wort gesagt!«, hab ich zurückgezischt. »Mein Vater ist wegen was ganz anderem hier. Karo ist nämlich meine Schwester!«

»Berrit … Können wir das nicht nachher alles in Ruhe besprechen?« Paps sah mich fast flehentlich an.

Emily schien diesen Blick nicht gesehen zu haben, sie riss die Augen auf und rief: »Was?! Seit wann das denn? Ich glaub dir kein Wort.«

Na ja, und schon waren wir mittendrin in den Erklärungen. Es war Karos Mutter, die anfing, uns Mädchen die ganze Geschichte von Anfang an zu erzählen. Wie sie und Paps sich auf der Party in Wittdün kennengelernt hatten und was sie gefühlt und gedacht hatte, als sie erfuhr, dass sie schwanger war. Und wie ihre Mutter ihr bei der Entscheidung geholfen hatte, das Kind zur Welt zu bringen. Und dass es ihr eigener fester Wunsch gewesen war, zu Kirstens Vater keinen Kontakt zu behalten.

Karo, Emily und ich hörten auf zu essen. Nur Frau Jörgensen aß mit Appetit ihren Teller leer und mein Vater stocherte immer noch in seinem Labskaus herum.

So, wie Karos Mutter ihre Geschichte erzählte, klang es auf einmal völlig selbstverständlich und richtig. Ohne die Bitterkeit, mit der Karo mir alles beschrieben hatte, schien auch die Rolle, die mein Vater gespielt hatte, gar nicht so mies gewesen zu sein.

»Aber warum hast du uns denn nie etwas davon erzählt, dass wir noch eine Schwester haben?« Ich sah Paps an.

»Weil ich genauso wenig wie Kirstens Mutter eine Bindung eingehen wollte, nur weil ich ein Kind gezeugt hatte. Und weil ich das alles vergessen wollte.«

Karo, die rechts von mir saß, seufzte tief, als Paps das mit dem »nur« sagte. Aber auch sie schaute unseren Vater an, ohne den Blick abzuwenden.

»Und Mamm? Weiß sie denn davon?«

Jetzt seufzte mein Vater schwer. »Nein. Ich hab es ihr nicht erzählt. Wir waren ja damals schon ganz fest zusammen und sie wurde ja auch fast zur gleichen Zeit schwanger ... sie erwartete ja dich, Berrit, und wir wollten heiraten. Dass ich mich auf dieser Party mit einem Mädchen eingelassen hatte, das war für mich so was wie ein Ausrutscher gewesen. Als mich dann Vera anrief, war ich total in Panik, dass deine Mutter mich verlassen würde. Oder zumindest, dass sie sich sehr aufregt, was nicht gut ist während der Schwangerschaft. Und ich war so erleichtert, dass Vera mich gar nicht als Vater angeben wollte.«

»Mamm hätte dich bestimmt nicht verlassen«, meinte ich und war mir ziemlich sicher dabei.

Emily, die das alles zum ersten Mal hörte, saß sprachlos da. »Ich glaub, ich bin im Kino«, sagte sie, kniff sich selbst in den Arm und murmelte »Aua«.

Karo war ganz still und blass. Ich denke, für sie war dieses Gespräch am schwersten. Schließlich wusste sie noch nicht mal, ob sie zu ihrem eigenen Vater nun Sie oder du sagen sollte. Sie drehte sich zu ihrer Mutter. »Aber warum hast du denn gesagt, dass er ›Müller‹ mit Nachnamen heißt?«

»Na ja, weil ...« Karos Mutter schaute Hilfe suchend zu Paps, der plötzlich noch verlegener aussah als vorher.

»Ich hab ihr gesagt, das ich ›Müller‹ heiße. Als wir uns kennengelernt haben, kannten wir ja nur unsere Vornamen. Und als ich dann von dem Kind erfuhr, hatte ich einfach Angst, dass doch noch alles auffliegt. Und da hab ich eben einen falschen Namen genannt.«

»Und so was wird Anwalt!«, meinte Emily.

Ich guckte erschrocken zu Paps hinüber, um zu sehen, ob er einschnappte. Aber plötzlich lachten alle los. Ich weiß nicht, wer damit angefangen hat. Vielleicht Karos Mutter oder ihre Oma. Jedenfalls saßen wir alle um den Küchentisch mit den halb vollen kalten Labskaustellern herum und lachten. Sogar mein Vater wurde angesteckt, obwohl er es eigentlich nicht ausstehen kann, wenn man sich auf seine Kosten amüsiert.

Als wir uns schließlich wieder beruhigten, saßen wir eine Weile da und waren ganz erschöpft. Während mein Vater ein großes Stofftaschentuch aus der Hosentasche holte und sich schnäuzte, beugte sich Karo zu ihrer Großmutter und flüsterte ihr zu: »Wie soll ich ihn denn nun anreden, Oma?«

Frau Jörgensen schien selbst eine Sekunde überlegen zu müssen, aber für mich war die Sache klar.

»Du sagst ›Paps‹ zu ihm. Das ist doch wohl logisch.« Ich schaute zu meinem Vater hinüber, der langsam wieder hinter seinem Schnupftuch auftauchte. »Nicht wahr, Paps?«

Unser Vater sah erst mich an und dann Karo, und dann nickte er.

Eigentlich bin ich fast schon am Ende meiner Geschichte angekommen. Für all das Merkwürdige und Geheimnisvolle, das den Sommer über passiert war, hatte es Erklärungen gegeben, die mit der Vergangenheit zu tun hatten. Und jetzt ging es darum, die Gegenwart auf die Reihe zu kriegen, damit die Zukunft nicht allzu chaotisch wurde.

Es gab so vieles, das darauf wartete, geregelt zu werden. Schließlich glaubte Mamm, dass Emily und ich gerade in der Jugendherberge Schluchsee hockten, und Emilys Eltern würden am Sonntagabend ihre liebe, brave Emily zu Hause erwarten, und der Fruchtzwerg ging davon aus, dass wir am Montagmorgen zur ersten Schulstunde auftauchten.

Paps hat noch am Abend bei uns zu Hause angerufen, um Mamm zu erzählen, dass wir alle zusammen auf Amrum sind und dass wir Sonntagnacht zurückkommen würden und dass sie sich keine Sorgen machen soll. »Es ist eine lange Geschichte, Susanne«, hörte ich ihn sagen, »und ich möchte sie dir lieber persönlich erzählen.« Aber dann verschwand er mitsamt dem Telefon im Wintergarten und Karos Oma bekam wahrscheinlich für diesen Monat die höchste Telefonrechnung ihres Lebens. Als er nach zwei Stunden wieder in der Küche auftauchte, wo wir immer noch um den Tisch herumsaßen und redeten, sah er völlig erledigt aus.

»Und? Was hat sie gesagt?« Ich traute mich kaum, meinen Vater anzuschauen. Wenn Mamm ihn nun nie wieder sehen wollte?

»Sie hat überhaupt nicht viel gesagt, die meiste Zeit

hab ich geredet.« Paps schien in Gedanken noch immer bei dem Telefongespräch zu sein. Er schüttelte den Kopf. »Sie war sogar irgendwie erleichtert, weil sie endlich wusste, was passiert war. Sie hatte geglaubt, dass ich sie verlassen will, weil ich eine Freundin hab ... Ich Idiot!« Paps schlug sich mit der Faust gegen die Stirn und sah so unglücklich und schuldbewusst aus, wie ich ihn noch nie gesehen hatte. »Wenn ich sie nur in den Arm hätte nehmen können ... Sie war so verdammt weit weg am Telefon.«

Dann endlich schaute er uns an und lächelte. »Tja ... Sie lässt euch grüßen. Und sie würde sich freuen, wenn wir alle zusammen in Freiburg Weihnachten feiern könnten.« Und dann nahm er einen Schluck aus der Rumflasche, die Karos Oma auf dem Tisch stehen hatte, um ihren Tee damit zu verdünnen, wie sie es nannte.

Ich hatte es gewusst. Ich hatte es gewusst, dass Mamm ihn nicht rausschmeißen würde und dass sie Karo irgendwie als Teil unserer Familie akzeptieren konnte. Mamm war der verständnisvollste Mensch unter der Sonne. Warum hatte Paps ihr bloß nicht von Anfang an alles erzählt?

»Was? Ich soll die Pension über die Weihnachtstage dichtmachen? Kommt nicht in die Tüte. Wenn wir zusammen feiern wollen, müsst ihr nach Amrum kommen«, rief Oma Jörgensen.

»Na, da fangen die Probleme schon an bei der Familienzusammenführung«, meinte Karos Mutter. Aber es klang gar nicht so, als würde sie die Sache tragisch nehmen. Jetzt, wo Mamm über alles Bescheid wusste, konnte ich es auch zulassen, sie sympathisch zu finden. Wie hätte sie mir auch unsympathisch sein können, wo sie doch das gleiche selbstbewusste Lachen und die schönen roten Haare hatte wie Karo?

Ja, und bei all der Aufregung hätte ich fast vergessen, dass Emily die Einzige war, für die überhaupt noch nichts geklärt war. Sie hatte die ganze Zeit am Tisch gesessen, auf ihren Nägeln gekaut und war ziemlich still gewesen, was für Emily 'ne Seltenheit ist.

Während Paps mit dem Telefon im Wintergarten verschwunden war, hatte Oma Jörgensen unser Gespräch über all die merkwürdigen Ereignisse unterbrochen. »So, nun ist Emily mal dran. Die hat schließlich auch was auf dem Herzen. Und zwar 'ne ganze Menge.« Und dann hatte Emily uns von ihrem Gespräch mit Frederik erzählt und dass er ganz und gar nicht begeistert gewesen war und dass sie im Grunde jetzt auch nicht viel schlauer war als vorher.

»Er hat immerhin gesagt, er versucht, mich zu unterstützen, egal wie ich mich entscheide. Aber Geld hat er keins und er fängt demnächst seinen Zivildienst an, und danach will er studieren, und seine Eltern haben auch nicht viel Geld. Ach, Mensch! Als wenn es bloß um Kohle ginge ...«

Bis spät in die Nacht hinein haben wir alle zusammen über Emilys Schwangerschaft geredet und darüber, was sie für Möglichkeiten hat. Der Einzige, der kaum etwas sagte, war Paps. Ich glaube, am liebsten hätte er sich in sein Arbeitszimmer zurückgezogen, um allein zu sein.

Aber das war schließlich fast tausend Kilometer weit weg und so blieb ihm nichts anderes übrig, als sich mit Emilys Gefühlschaos auseinanderzusetzen.

Emily schwankte alle zehn Minuten hin und her zwischen dem festen Willen, das Kind abzutreiben, und dem wilden Entschluss, es doch zu bekommen.

»O Mann, ich wünschte, ich könnte mich in Luft auflösen«, rief sie und trat mit dem Fuß gegen das Tischbein, sodass die Teebecher wackelten. Ihr Gesicht war vor Trotz und Wut ganz düster. Aber als Oma Jörgensen Emilys geballte Faust nahm und sie vorsichtig löste, fing Emily an zu weinen.

Oma Jörgensen streichelte ihr die Finger. »Mien Deern, mien Deern. Ganz allein schaffst du das nicht. Du musst mit deinen Eltern reden, da geht kein Weg dran vorbei. Meinst du nicht, dass sie dich ein kleines bisschen verstehen werden?«

Emily antwortete nicht, aber sie nickte kaum merklich mit dem Kopf.

»Ich hatte auch Angst, dass meine Mutter durchdreht«, meinte Karos Mutter. »Sie ist nicht immer so nett, wie sie jetzt tut. Aber nach dem ersten Tobsuchtsanfall hat sie sich wieder beruhigt und mir schließlich ja auch geholfen. Es ist verdammt schwer, ein Kind zu kriegen, wenn man selbst fast noch eins ist …«

»Aber du hast es doch nie bereut, Mama, oder?« Karo schaute ihre Mutter an.

»Nein. Aber ich war zwei Jahre älter als Emily, als du zur Welt kamst, und ich hatte immerhin schon einen Schulabschluss. Sprich mit deinen Eltern, Emily, und geh außerdem zu pro familia, die können dir weiterhelfen, egal wie du dich entscheidest.«

»Aber ich kann mich nicht entscheiden«, rief Emily verzweifelt und sah Karos Mutter fast vorwurfsvoll an.

»Das musst du ja auch noch nicht sofort. Aber vielleicht fällt es dir leichter, nachdem du mit Leuten geredet hast, die Erfahrung mit solchen Situationen haben.« Karos Mutter legte Emily den Arm um die Schultern und drückte sie kurz an sich. »Und jetzt ist es Zeit zum Schlafengehen, denke ich. Du siehst todmüde aus, Emily. Morgen ist auch noch ein Tag.«

Wir spürten alle plötzlich, wie müde wir waren. Zum Glück gab es ja genug Zimmer in der Pension, sodass auch für Paps ein frisch bezogenes Bett bereitstand.

Emily und ich lagen noch lange wach in dem Gästezimmer unterm Dach. Und während draußen der Regen gegen die schrägen Fensterscheiben prasselte, redeten und redeten wir. So ehrlich und gut, wie wir bisher noch nie miteinander gesprochen haben, obwohl wir uns seit dem ersten Schultag kennen. Bis uns schließlich die Augen zufielen, redeten wir über die Geschichte von Karos Mutter und meinem Vater, die so merkwürdig gelaufen war und die nach all den Jahren auf einmal mein Leben verändert hatte. Und wir redeten natürlich über Emilys und Frederiks Geschichte, die gerade erst angefangen hatte und von der wir beide schrecklich gerne gewusst hätten, wie sie ausgehen würde.

»Ach, Berrit«, meinte Emily. »Es war schon richtig, dass wir hierhergekommen sind. Auch wenn Frederik der Letzte ist, der mir weiterhelfen kann.«

Vielleicht hatte Emily Frederik ja unterschätzt, denn immerhin war er derjenige, der uns am nächsten Morgen aus der Patsche half. Das Auto von Oma Jörgensen sprang nämlich nicht an, nicht mal mehr mit anschieben.

»So ein Mist! Wenn wir die Fähre nicht kriegen, klappt das mit den Anschlusszügen nicht«, fluchte Paps.

»Geil! Dann bleiben wir eben noch einen Tag!« Ich wollte schon meine Reisetasche wieder aus dem alten Opel rausholen.

»Nix da. Alle noch mal kräftig schieben! Deine Mutter erwartet uns heute Abend.« Paps stemmte sich gegen das nasse, dreckige Auto, sodass sein Trenchcoat bald aussah wie ein Schuhputzlappen.

»Lass mal, Willi. Das hat keinen Zweck«, meinte Karos Mutter und Paps zuckte zusammen. Er bringt allen Leuten immer ziemlich schnell bei, ihn ja nicht Willi zu nennen. Aber Karos Mutter kannte er ja noch nicht so gut und er sagte nichts.

»Kirsten, lauf mal zu Frederik rüber und schmeiß ihn aus dem Bett. Er soll uns schnell nach Wittdün fahren«, rief Oma Jörgensen.

Karo sprintete los und fünf Minuten später stand ein verschlafen aussehender Frederik vor der Pension und half, unsere Taschen in seinen VW-Bus umzuladen. Unter seinem Regenmantel guckte noch der Schlafanzug hervor.

»Los, einsteigen! Wenn wir uns beeilen, schaffen wir es noch!« Frederik scheuchte uns alle in den Wagen, wobei er Emily am Arm nahm, um ihr reinzuhelfen.

»Was soll das? Willst du mich verarschen? Ich bin doch noch nicht im neunten Monat«, fauchte Emily ihn an. Der arme Frederik wurde ganz rot und ich fand ihn auf einmal gar nicht mehr so schnöselmäßig. Er trat aufs Gaspedal und der VW-Bus rumpelte gen Wittdün.

Vielleicht war es nicht das Schlimmste, dass wir erst am Fährhafen ankamen, als das Schiff gerade ablegen wollte. So blieb jedenfalls keine Zeit für langes Verabschieden. Paps, Emily und ich sprangen aus dem Bus, schnappten unsere Taschen, riefen »Tschüs« und »Ade« und rannten los. Erst an Bord schauten wir zurück und sahen Karo, ihre Mutter, ihre Oma und Frederik vor dem Bus stehen und winken. Ich wusste, dass Karo ein Stein vom Herzen geplumpst war, weil sie nämlich Angst vor der Abschiedsszene gehabt hatte.

»Meinst du, dein Vater erwartet, dass ich ihm 'nen Abschiedskuss gebe, Berrit?«, hatte sie mich vorm Frühstück gefragt. »Er ist mir doch noch total fremd.«

»Er braucht immer 'ne Weile, bis er warm wird mit Leuten. Weihnachten haben wir ja mehr Zeit. Dann wird's bestimmt lockerer«, habe ich geantwortet.

Auch Paps, der neben Emily und mir an der Reling stand, sah erleichtert aus. So, mit ein paar Metern Wasser zwischen uns und den anderen, wirkte er gleich gelöster. »Auf Wiedersehen! Auf Wiedersehen bis Weihnachten!«, rief er, als das Schiff ablegte, und schwenkte seinen Mantel.

Zum Glück hatte es aufgehört zu regnen. Wir blieben an Deck und winkten und winkten, bis wir von den vieren nichts mehr erkennen konnten als die langen roten Haare von Karos Mutter, die wie eine Fahne im Wind flatterten.

Wir waren alle drei nicht besonders gesprächig auf der langen Fahrt zurück nach Freiburg. Ich war froh, dass Karo mir »Sofies Welt« geliehen hatte, sodass ich mich in das Buch vertiefen konnte. In der letzten Stunde von Karlsruhe nach Freiburg machten Emily und Paps beide Gesichter, als säßen sie im Wartezimmer vom Zahnarzt. Emily wusste, dass es wohl noch am Abend zu einer Aussprache mit ihren Eltern kommen würde. Schließlich kamen wir ja erst so spät zu Hause an, dass eine Menge Erklärungen nötig waren. Paps, in seinem schmutzigen, labberigen Trenchcoat, mit den Bartstoppeln und den müden, rot umrandeten Augen, sah aus wie ein armer Sünder.

Und ich? Ich hatte das Gefühl, als kämen wir von einer langen Reise zurück, und dabei waren wir doch nur zweieinhalb Tage weg gewesen. Ich freute mich auf zu Hause, obwohl ich Angst hatte, dass es vielleicht zu ewig langem Schweigen zwischen Paps und Mamm kommen würde. Und auch wenn Mamm Paps tatsächlich verziehen hatte, war es doch trotzdem nicht so, als wäre nichts passiert. Würden wir denn noch die gleiche Familie sein wie früher?

Als der Zug im Freiburger Bahnhof einlief, standen Emily, mein Vater und ich nervös am Fenster und schauten hinaus. Ob Mamm uns wohl abholte?

Paps trat nervös von einem Fuß auf den anderen.

»Nicht mal mehr Zeit zum Rasieren war heute Morgen«, murmelte er und rieb sich das Kinn. Er strich seinen Mantel glatt, der dadurch aber auch nicht besser aussah.

Der Zug hielt an und da sahen wir sie. Mamm und Fritzi und Emilys Eltern. Logisch, Fritzi hatte sicher so lange rumgekräht, bis Mamm ihm erlaubt hatte, wach zu bleiben und mitzukommen. Und Emilys Eltern hatten wahrscheinlich bei Mamm angerufen, als sie aus Berlin zurückkamen und Emily nicht da war. Die arme Mamm – zu aller Aufregung hatte sie auch noch die Mangolds am Hals gehabt und ihnen erklären müssen, dass Emily gerade auf Amrum weilt. Was sie denen wohl erzählt hatte? Von Emilys Schwangerschaft konnte sie ja nichts wissen, das hatte Paps ja auch erst nach dem Telefonat mitbekommen.

Emily und mein Vater taten gleichzeitig einen tiefen Seufzer, als wir ausstiegen. Plötzlich musste ich lachen und Paps und Emily lachten mit.

Und dann standen Mamm und Fritzi vor uns. Ich konnte sehen, dass Mamm geweint hatte, aber sie lächelte. »Na, ihr scheint ja eine lustige Zeit gehabt zu haben«, sagte sie und Emilys Eltern riefen wie aus einem Mund: »Emilyle!« Und dann lagen sich Paps und Mamm in den Armen und Emily stürzte sich heulend an die Brust ihrer Mutter und ich stand verlegen daneben und schüttelte erst mal die dicke weiße Hand von Emilys Vater, der ratlos von einem zum anderen sah und nichts als »Heidanei« sagte.

Nur Fritzi ließ sich von der allgemeinen Rührung

nicht anstecken. Während sich die schluchzende Emily von ihrer Mutter den Rücken streicheln ließ und Mamm und Paps sich einen langen Kuss gaben, was sie sonst in der Öffentlichkeit nie tun, inspizierte er endlich mal in Ruhe den ICE. Gerade als der Schaffner rief: »Richtung Basel zurücktreten. Die Türen schließen selbsttätig«, fiel mir auf, dass Fritzi nicht da war.

Und so kam es, dass ich mir den Versöhnungskuss meiner Eltern nicht zu Ende anschauen konnte, weil ich nämlich zusammen mit meinem Bruder unterwegs in die Schweiz war. Natürlich habe ich ihm gleich erzählt, dass Karo unsere Schwester ist, weil Paps früher mal eine Freundin gehabt hat, und dass wir Weihnachten nach Amrum fahren würden, um alle zusammen zu feiern. Fritzi schien das alles ziemlich wenig zu interessieren. Er sagte bloß »Echt?« und »Das ist ja 'n Ding« und dann guckte er weiter fasziniert auf das Video, das vor unserer Nase lief. Dass es Züge gibt, in denen man Filme gucken kann, war offensichtlich spannender als die Geschichte mit Karo. Ich hab es ja schon immer gewusst: Kleine Brüder kann man vergessen, wenn es um ernsthafte Dinge geht. Aber macht nix, dafür hatte ich ja jetzt eine große Schwester …

Als wir schließlich in Basel ankamen, war Fritzi trotz des Batman-Films fast eingeschlafen und ich habe ihn mit Mühe aus dem Zug bugsiert. Zum Glück kommt man nachts mit dem Auto fast so schnell nach Basel wie mit dem Zug, sodass wir nicht allzu lange auf dem Bahnhof warten mussten, bis Paps und Mamm uns abholten.

»Kinder, Kinder«, seufzte Mamm erschöpft, als sie Fritzi und mich in die Arme schloss. Paps nahm den schläfrigen Fritzi auf den Arm. »Jetzt ist aber erst mal Schluss mit diesen anstrengenden Familienzusammenführungen«, sagte er. Und dann ging es endlich nach Hause.